GW01237453

FOLIOTHÈQUE

Collection dirigée par
Bruno Vercier
Maître de conférences
à l'Université
de la Sorbonne Nouvelle - Paris III

Annie Ernaux

La place

et **Une femme**

par Marie-France Savéan

Marie-France Savéan

présente

La place

et **Une femme**

d'Annie Ernaux

Gallimard

Je remercie Michel Bigot, pour l'aide constante qu'il m'a apportée dans mes travaux, et Annie Ernaux, qui a facilité mon étude par son accueil chaleureux, ses réponses précises et les documents auxquels elle m'a donné accès.

Marie-France Savéan est professeur agrégée de lettres modernes au lycée Bréquigny de Rennes et coauteur, avec Michel Bigot, de l'essai sur *La cantatrice chauve* et *La leçon* d'Eugène Ionesco paru dans la collection « Foliothèque ».

LISTE DES ABRÉVIATIONS

P	*La place*
F	*Une femme*
AV	*Les armoires vides*
CQDR	*Ce qu'ils disent ou rien*
FG	*La femme gelée*
PS	*Passion simple*
JD	*Journal du dehors*

Les pages renvoient à l'édition Folio, sauf en ce qui concerne *Journal du dehors* qui n'est pas disponible en collection de poche.

AVANT-PROPOS

Ces deux œuvres qu'Annie Ernaux a publiées en 1984 et 1988 sont de minces volumes dont la sobriété contraste avec les amples sagas et les fresques épiques si répandues dans les librairies actuelles. Elles ne présentent pas d'intrigues romanesques susceptibles de tenir en haleine le lecteur : un écrivain raconte à la première personne, sans fard ni masque, l'enterrement de son père dans *La place*, celui de sa mère dans *Une femme*, puis, lucidement, comme un chirurgien qui opère, dégage de sa mémoire des faits anodins, des gestes, des paroles de la vie de tous les jours. L'auteur, parfois, interrompt son texte pour s'interroger sur son but et ses méthodes. Rien d'autre. Au fil des pages, comme s'élaborerait un puzzle, apparaît le portrait d'un personnage modeste, reconstitué par sa fille, un petit commerçant d'autrefois dont la vie banale et mélancolique rappelle à chacun un père, un grand-père, une tante ou une cousine, car nombreuses sont les familles qui plongent au moins une de leurs racines dans ces milieux populaires. Annie Ernaux ne cherche pas à divertir son lecteur en utilisant le pittoresque : elle fait ici, en quelque sorte, œuvre de sociologue.

Mais l'apparente simplicité du récit se trouble. Comme dans ces dessins jouant sur les illusions d'optique dans lesquels on voit tantôt un visage de jeune femme tournée vers la gauche, tantôt un profil de femme âgée tournée vers la droite, une seconde et même une troisième image se superposent à la première, s'imposant et s'effaçant tour à tour : d'abord celle d'une adolescente, révoltée contre des parents sans culture ni prestige, puis celle de son observatrice peu complaisante, l'écrivain qu'elle est devenue. À quel genre d'œuvre avons-nous donc affaire ? On pense à une biographie qui s'efforcerait de présenter un portrait conforme à un modèle réel, mais aussi à une autobiographie qui chercherait à clarifier et dédramatiser un parcours personnel.

Troublant par l'ambiguïté de leur sujet, les deux récits surprennent aussi par la froideur du ton, totalement dépouillé de ce sentimentalisme qui prévaut dès qu'on touche aux souvenirs d'enfance. Aux antipodes de *La gloire de mon père* ou *Le château de ma mère* de Pagnol, *La place* et *Une femme* ne sortent jamais des constatations dénuées de lyrisme. Pudiques, rédigées sans emphase, dans un style fait d'ellipses et de retenue, ces deux œuvres s'écartent d'une certaine forme de littérature mais sont infiniment plus complexes et bouleversantes qu'un document. Une écriture aussi sèche, qui n'hésite pas à aborder des souvenirs où l'auteur et ses parents se trouvent placés dans des situations désagréables ou douloureuses, pose la question de la finalité des deux récits. Car la lucidité et la franchise d'Annie Ernaux, qui présente une vision réaliste du peuple, risque de contredire l'objectif annoncé dès l'épigraphe de *La place* : écrire ces livres pour racheter la trahison de l'adolescente en rupture avec son milieu d'origine.

Faussement simples, donc, austères dans leur écriture et leur démarche, *La place* et *Une femme* ont pourtant touché un vaste public, ce qui incite à chercher les causes de cette entente immédiate entre l'auteur et ses lecteurs. Sans doute, l'air du temps, les prédilections culturelles de nos contemporains justifient-ils, dans une certaine mesure, l'intérêt porté aux deux œuvres. Mais l'essentiel réside dans le talent dont Annie Ernaux a fait preuve, passant du style incisif de ses premiers romans à une rigueur toute classique.

I LE CONTEXTE D'UN SUCCÈS

Dès sa parution en juin 1984, *La place* conquiert un public sans cesse grandissant : de bonnes critiques dans des journaux aussi bien nationaux que régionaux[1] et un bouche à oreille efficace transforment ce quatrième livre d'Annie Ernaux en succès : plus de 50 000 exemplaires avaient été vendus lorsque le prix Renaudot lui fut attribué. Les 200 000 sont actuellement dépassés. *Une femme* fut accueillie de manière comparable (150 000 exemplaires vendus). Une telle réussite consacre un auteur dont le talent

1. Voir Dossier, p. 185.

avait été reconnu dès *Les armoires vides*, mais qui a trouvé dans *La place* une démarche et un ton qui lui seront désormais spécifiques. Avant d'analyser cette évolution, il est intéressant d'observer le contexte culturel dans lequel s'inscrivent *La place* puis *Une femme*. En effet, on est frappé de la concordance entre ces deux œuvres et deux genres en pleine expansion : les Mémoires des gens du peuple et la réflexion autobiographique.

I. LA MÉMOIRE DU PEUPLE

En liaison avec le vigoureux renouveau du régionalisme, les années soixante-dix voient apparaître toute une littérature consacrée aux traditions et légendes des cultures populaires, enracinées dans les terroirs français. P. Jakez Hélias remporte un énorme succès en 1975 avec *Le cheval d'orgueil* dans lequel il fait l'inventaire de la civilisation bretonne, à partir de ses souvenirs d'enfance. Abordée ainsi, sous un angle non scientifique, dans un langage accessible, l'ethnographie enthousiasme d'autant plus les lecteurs qu'ils se sentent souvent désorientés par un modernisme agressif qui les dépersonnalise. Le retour aux sources devient alors un fantasme salvateur.

De leur côté, des intellectuels constatent que l'école centralisatrice et unificatrice, voulue par Jules Ferry et tous ceux qui souhaitaient ardemment que la manne culturelle soit distribuée avec équité à tous, a sans doute commis en France des ravages similaires à ceux de la colonisation. On recherche alors fébrilement les rares survivants de ce nouveau génocide. C'est l'explosion commerciale du livre-magnétophone.

Rappelons la parution, en 1974, de *Louis Lengrand, mineur du Nord*, rédigé par Maria Crépeau, ou celle, en 1976, de *Gaston Lucas, serrurier*, par Adélaïde Blasquez. Promus d'une façon ambiguë au rang de personnages secondaires dans la comédie médiatique littéraire, ces gens du peuple, présentés comme de curieux « sauvages », pittoresques et amusants, répondent à des questions sans maîtriser vraiment l'ensemble du discours. Michel Ragon, dans un article intitulé « La mémoire des petites gens », remarque très justement : « On enregistre et on retranscrit. Mais que reste-t-il de l'original ? Ne dépossède-t-on pas ainsi des êtres humains de leur voix ? Ne vaudrait-il pas mieux inciter ceux qui n'ont pas la parole [...] à s'autoraconter, à s'interroger eux-mêmes plutôt que de leur faire jouer un rôle de chien savant devant un magnétophone ? Être interrogé produit fatalement un tout autre résultat que s'interroger[1]. » L'article conclut avec un humour acide : « Nous savons maintenant presque tout des Bororos et des Pygmées, il nous reste à découvrir l'étonnant paysan de la Creuse, le singulier artisan du faubourg Poissonnière, et la très exotique population de La Garenne-Colombes[2]. » Ou le taciturne cafetier d'Yvetot ? Mais précisément Annie Ernaux échappe au reproche for-

1. *Magazine littéraire*, n° 150, juillet-août 1979, p. 17.

2. *Ibid.*, p. 19.

mule par M. Ragon. Elle n'exhibe pas avec complaisance les mœurs extraordinaires d'un quelconque Normand : elle s'efforce de faire revivre dans sa mémoire « les signes objectifs d'une existence [qu'elle a] aussi partagée » (*P*, p. 24). Comme P. Jakez Hélias, elle est à la fois le témoin, partiellement l'acteur, et l'auteur. Apte à prendre la parole et à s'interroger, grâce à sa formation intellectuelle, elle fait partie de ces immigrés de la culture bourgeoise pour qui l'observation sociologique du peuple est aussi quête d'identité.

Pour autant, *La place* ne peut être assimilée à un des ouvrages de la collection « Terre Humaine » de chez Plon, comme *Le cheval d'orgueil* de P. Jakez Hélias ou *Le horsain* de B. Alexandre (1988). La minceur de l'œuvre, qu'il s'agisse de *La place* ou d'*Une femme*, prouve la différence des objectifs de l'écrivain. Annie Ernaux ne prétend certes pas à l'exhaustivité, elle n'offre pas à ses lecteurs une somme minutieuse : « Vie et mœurs de commerçants normands », fourmillant de détails locaux et de particularismes régionaux. On en trouve, bien sûr, mais sélectionnés, réduits à l'essentiel, c'est-à-dire au plus douloureux, à tout ce qui a produit la déchirure dans la communication d'une fille avec ses parents. La confrontation de la bourgeoisie et du monde ouvrier y est présentée sous l'angle d'un conflit culturel. Ainsi, ne s'appesantissant pas sur le côté exotique et voyant des mœurs normandes, les deux œuvres atteignent plus facilement une sorte d'universalité. Le fils d'un vigneron languedocien ou d'un métallurgiste lorrain n'aura pas de difficulté à se retrouver dans la problématique de *La place* et d'*Une femme*.

Annie Ernaux s'interroge en effet sur la notion ambiguë de « peuple ». Exalté comme porteur de valeurs positives face à une bourgeoisie corrompue, mais dévalorisé culturellement pour son incorrigible mauvais goût, l'homme du peuple est félicité pour ses vertus, mais invité à « s'élever ». Cette contradiction donne à l'ascension sociale des relents de trahison. Quantité de lecteurs retrouvent alors dans les deux œuvres d'Annie Ernaux les humiliations de leur jeunesse et les remords de leur présent. *La place* et *Une femme* leur offrent le soulagement d'une expiation indirecte.

En décrivant des gens du peuple dans leur vie quotidienne, Annie Ernaux ne peut donc avoir sur eux un regard purement ethnologique : il s'agit de ses parents et ce qui l'intéresse est moins leur mode de vie en lui-même que les problèmes de communication familiale que ce mode de vie a posés, lorsque l'auteur a commencé à s'en détacher. Ainsi, les deux œuvres d'Annie Ernaux joignent au récit de vie une démarche de nature autobiographique (« comment ai-je vécu avec mes parents ? » mais aussi « quelles sont les difficultés que je rencontre en tant qu'auteur de ce livre ? »).

II. LE FOISONNEMENT DES RÉCITS AUTOBIOGRAPHIQUES

Or, les années 1970-1980 ont vu proliférer les récits à la première personne. Certains ouvrages, totalement dénués d'ambition esthétique, narrent les étapes édifiantes de l'ascension d'une vedette du sport, de la chanson ou du cinéma. À ces pratiques commerciales s'ajoute, chez de nombreux anonymes, le désir profond de se raconter dans un livre, même non publié. Philippe Lejeune, dans un article intitulé « Cher cahier... », s'interroge sur les motivations et les pratiques du nombre croissant de gens qui tiennent discrètement un journal, le temps de l'adolescence, d'une crise sentimentale ou d'un voyage[1]. Certains font même leur autobiographie complète, seuls ou assistés. Ainsi, une société d'édition (« J'étais une fois ») s'est donné pour mission de rédiger les récits intimes de gens soucieux d'être mieux connus de leurs proches, ou de prendre une revanche sur leur passé, mais n'ayant ni le temps ni les capacités d'écrire. Il suffit de recueillir au magnétophone une interview semi-directive et de la mettre en forme[2].

Même si, quantitativement, l'infralittéraire l'emporte dans ces confidences, on peut remarquer que la force d'attraction du récit autobiographique s'exerce aussi sur des écrivains *a priori* réticents. Des personnalités de la littérature pratiquent à nouveau l'art des confessions : Roland Barthes *(Roland*

1. *Magazine littéraire*, n° 252-253, avril 1988, p. 45-46.

2. Voir l'article de Caroline Holfter dans *Le Monde* du 21 mars 1991.

Barthes par Roland Barthes), Georges Perec *(W ou le souvenir d'enfance)* ou Alain Robbe-Grillet *(Le miroir qui revient)*. Leur désir de ne pas être dupe du genre se vérifie, par exemple, dans l'ouverture d'*Enfance* où Nathalie Sarraute s'inquiète : « Alors, tu vas vraiment faire ça ? " Évoquer tes souvenirs d'enfance "... C'est peut-être que tes forces déclinent... Est-ce que ce ne serait pas prendre ta retraite[1] ? » Le livre prouvera magnifiquement le contraire par les analyses claires et subtiles qu'il fournit sur les tropismes qu'éveillent en l'auteur certaines scènes de son enfance.

1. Nathalie Sarraute, *Enfance*, Folio, p. 7 et 8.

On peut trouver plusieurs causes à ce renouveau de l'autobiographie. D'une part, les médias privilégient cette approche de soi, puisque, lorsqu'ils s'intéressent à la littérature, ils cherchent avant tout à questionner l'homme-écrivain et à traquer la part autobiographique de son œuvre. D'autre part, notre société valorise les récits par l'image, dont la prolifération finit par accaparer la fiction et conduit les auteurs à se tourner vers les écrits intimes. En outre, dans cette fin du XXe siècle, les sciences humaines prennent une importance croissante : linguistique, sociologie et psychanalyse se présentent comme des moyens efficaces pour percer les secrets du cœur humain, et même de la création artistique. Intimidés, les écrivains ont tendance à se replier sur eux-mêmes, d'autant plus que diminue leur possibilité d'agir sur le monde actuel, dominé par les forces économiques. Battus donc sur leur propre terrain par les performances de l'analyse des sciences humaines, déçus par l'action politique, les romanciers finissent par retourner contre eux l'acuité de leur regard. L'introspection désabusée devient leur dernier refuge.

CRITÈRES DU GENRE

Le genre autobiographique, si foisonnant et si divers, a trouvé en Philippe Lejeune son théoricien. Celui-ci propose dans *Le pacte autobiographique*, une définition qui a le mérite de la clarté : « Récit rétrospectif en prose qu'une personne réelle fait de sa propre existence, lorsqu'elle met l'accent sur sa vie individuelle, en particulier sur l'histoire de sa personnalité[1]. » Cette approche permet une analyse fructueuse de Rousseau, Gide, Sartre et Leiris. Mais elle place en marge du genre, par exemple, des œuvres comme *Portraits-souvenirs* de Cocteau (1935) ou, dans un registre plus mineur, *Avec mon meilleur souvenir* de Françoise Sagan (1984) où les éléments autobiographiques sont disséminés, redistribués au gré des passions ou des admirations des auteurs.

1. Philippe Lejeune, *Le pacte autobiographique*, Seuil, 1975, p. 14.

De même, ni *La place* ni *Une femme* ne répondent aux critères définis par Lejeune puisque le personnage principal de ce récit n'est pas l'auteur-narrateur et qu'il ne s'agit pas de l'histoire d'une personnalité. Cependant, c'est bien dans le cadre d'une réflexion autobiographique qu'Annie Ernaux situe son écriture. Ses lecteurs ne songent pas à une œuvre de fiction, puisque le prière d'insérer, ainsi que ses observations sur ses problèmes d'écrivain, conduisent à une assimilation de l'auteur et du narrateur. On peut donc parler à son propos d'autobiographie décalée.

Car le modèle théorique, qui correspond à Rousseau ou à Sartre, n'est en fait qu'une application particulièrement réussie. Comme le remarquent Jacques Lecarme et Bruno Vercier : « Lorsqu'ils viennent à l'autobiographie, les écrivains, chacun selon son génie et ses exigences, adaptent et transforment le modèle théorique qui n'existe qu'à travers ses successives réalisations. C'est rarement le cas de ceux qui l'abordent à partir de territoires différents, pour répondre à cette mode du témoignage vécu[1]. »

Au carrefour de deux genres : biographie de gens du peuple et autobiographie, Annie Ernaux crée deux œuvres profondément originales. Ses portraits évitent le piège de l'admiration conventionnelle. Aucune mièvrerie n'apparaît dans ses souvenirs d'enfance qui ne sont utilisés qu'indirectement, puisque le premier rôle est accordé non pas à l'auteur-narrateur mais à ses parents. Exprimant avec intensité des sentiments et des préoccupations que nombre de ses lecteurs peuvent partager sur une situation sociale et familiale qu'elle n'a pas été la seule à vivre, Annie Ernaux devient ainsi le porte-voix de tous ceux qui, n'ayant pas son talent, ont ressenti, sans pouvoir l'exprimer, l'ambiguïté de toute ascension sociale.

1. B. Vercier et J. Lecarme, « Premières personnes », *Le Débat*, n° 54, 1989, p. 59.

II *LA PLACE* ET *UNE FEMME* DANS L'ŒUVRE D'ANNIE ERNAUX

Quoique en symbiose incontestable avec leur époque, *La place* et *Une femme* s'expliquent avant tout par le parcours personnel de leur auteur. Quand elle rédige *La place*, Annie Ernaux a déjà publié trois romans, tous rédigés à la première personne — *Les armoires vides*, *Ce qu'ils disent ou rien* et *La femme gelée* —, qui ont attiré l'attention sur elle mais ne lui ont pas conquis un vaste public. En comparant *La place* et *Une femme* avec ces premiers romans, on comprend à quel point la situation personnelle de l'auteur est la source de son inspiration : quinze ans après la mort du père, *La place* cherche encore à élucider une relation familiale mal vécue. Cette comparaison nous permet également de saisir l'évolution de l'écriture d'Annie Ernaux qui se dégage progressivement des conventions pour créer son style propre.

I. UNE BASE AUTOBIOGRAPHIQUE COMMUNE

Il est frappant de constater que toutes les œuvres publiées par Annie Ernaux présentent une narratrice qui, pour des raisons diverses (un avortement, la crise de l'adolescence, un désir inconscient de divorce, une mort), éprouve impérativement le besoin d'écrire, d'expliquer, aux autres, mais d'abord à elle-même, les événements qu'elle est en train de vivre. On voit donc, à chaque fois, une héroïne féminine remonter le cours du temps à la recherche de son identité, quêtant dans son passé les étapes, influences extérieures ou découvertes intimes, qui ont progressivement scellé son destin. Dans *Les armoires vides*, œuvre achevée en septembre 1973, Denise Lesur, vingt ans, cloîtrée dans sa chambre de la Cité universitaire, attend que son corps expulse un fœtus non désiré. Souffrant physiquement comme moralement, elle veut « expliquer pourquoi [elle se] cloître dans une piaule de la Cité avec la peur de crever, de ce qui va arriver. Voir clair, raconter tout entre deux contractions. Voir où commence le cafouillage » (*AV*, p. 17). Anne, l'adolescente de *Ce qu'ils disent ou rien*, rédigé en 1976, sent « qu'il y [a] quelque chose à écrire, contenu dans cette chambre, lié à ce décor, à [sa] vie conne » (*CQDR*, p. 64). Elle envisage même un roman autobiographique : « J'avais envie de raconter, d'écrire, je ne savais pas par où démarrer parce qu'il faut toujours remonter trop haut... remonter le plus loin jusqu'à aujourd'hui, mais il faudrait changer de nom, ce serait plus convenable » (*CQDR*, p. 106). L'héroïne, anonyme en apparence, de *La femme gelée*, donne à son récit rétrospectif les mêmes objectifs : « Je m'écris, je peux faire ce que je veux de moi, me retourner dans n'importe quel sens et me palinodier à l'aise. Mais si je cherche à débroussailler mon chemin de femme il ne faut pas cracher sur la gigasse qui pleurait de rage... Expliquer » (*FG*, p. 63). N'est-ce pas, au fond, sous un angle différent, la même quête que reprend la narratrice de *La place ?* Le « Qui suis-je ? » des romans précédents est complété par un « De qui suis-je la fille ? Comment ai-je vécu avec lui ? ». Et le même leitmotiv revient : « Il faudra que j'explique tout cela... Je voulais dire, écrire au sujet de mon père, sa vie, et cette distance venue à l'adolescence entre lui et moi » (*P*, p. 23). En prolongement, *Une femme* s'annonce à la fois comme « une analyse des souvenirs » personnels (*F*, p. 22) et comme la recherche « de nature littéraire » d'« une vérité sur [la] mère » (*F*, p. 23). Ce deuxième but n'est pas non plus éloigné de la quête autobiographique puisque, en tentant de comprendre sa mère, l'auteur est forcément amenée à s'analyser elle-même.

Ainsi, au fil des cinq livres, se construit sous les yeux du lecteur l'image d'une narratrice s'obstinant à élucider et expliciter l'enchaînement de ses sensations et de ses sentiments. *Passion simple* présentera lui aussi un récit rétrospectif en forme d'inventaire (*PS*, p. 31). Inévitablement, le lecteur songe alors à associer la narratrice à l'auteur elle-même, avec prudence d'abord, à cause des masques romanesques, avec une assurance grandissante dès *La femme gelée* où rien n'empêche plus une lecture autobiographique. De surcroît, la répétition systématique d'un certain nombre de motifs impose à l'évidence leur source dans la vie personnelle de l'auteur.

LES LIEUX

Le répertoire des lieux tel qu'on peut l'établir dans les différentes œuvres est en totale cohérence avec la biographie d'Annie Ernaux. L'action des *Armoires vides* se déroule au passé dans la petite ville normande d'Y... (*AV*, p. 162) où les parents tiennent un café-épicerie loin du centre (*AV*, p. 18). *La femme gelée* mentionne la grande cité voisine : Rouen (*AV*, p. 88) et s'achève sur les premières années de mariage à Annecy, « la ville touristique des Alpes » dont il est question dans *La place*. *Une femme* confirme, en toutes lettres, aussi bien Yvetot, que Bordeaux et Annecy, premiers séjours des jeunes mariés de *La femme gelée*. Le seul roman qui tente de masquer la localisation est le second : *Ce qu'ils disent ou rien* nous parle d'une vague banlieue. Toutefois, sans jouer les détectives, on peut observer que les parents n'ont besoin que d'un après-midi pour une excursion au Havre (*CQDR*, p. 101), que le père lit *Paris-Normandie* et que Veules-les-Roses (à moins de quarante kilomètres d'Yvetot) est la sortie familiale du dimanche (*CQDR*, p. 102) comme le but d'une escapade en moto des amoureux. Même si Yvetot n'est pas mentionné, toutes les notations géographiques renvoient au pays de Caux.

Ce deuxième roman diffère également des autres dans la topographie précise de la demeure familiale : les parents d'Anne ont acquis à crédit une maisonnette : « trois pièces et un jardin » (*CQDR*, p. 18), munie du confort moderne élémentaire : une salle de séjour et une salle de bains (*CQDR*, p. 22 et 44). Partout ailleurs on retrouve la disposition des pièces telle que la précise *La place :* « Au rez-de-chaussée l'alimentation communiquait avec le café par une pièce minuscule où débouchait l'escalier pour les chambres et le grenier. Bien qu'elle soit devenue la cuisine, les clients ont toujours utilisé cette pièce comme passage entre l'épicerie et le café » (*P*, p. 51-52). Le roman *Les armoires vides* accentue les aspects sordides de ce décor : « Toute la journée on vit en bas, dans le bistrot et dans la boutique. Entre les deux un boyau où débouche l'escalier, la cuisine, remplie d'une table, de trois chaises, d'une cuisinière à charbon et d'un évier sans eau » (*AV*, p. 18). « La rue Clopart », déformation célinienne de l'authentique rue Clos-des-Parts, ajoute une connotation négative à l'ensemble. Sans planter explicitement de décor, la narratrice de *La femme gelée* mentionne encore le café-épicerie, la chambre au premier étage, la cour aux casiers à bouteilles.

Inexpugnable, le décor de l'enfance envahit l'imagination et impose aux romans ses plans fixes, aussi essentiels pour l'auteur que la chambre de Combray pour Proust.

LES PERSONNAGES

Si les cadres sont récurrents, les personnages ne divergent guère non plus.

Les trois romans qui précèdent *La place* ont déjà tissé l'image d'un père modeste, dénué d'ambition, qui partage son temps entre le café dont il est le patron, son jardin et les activités ménagères qu'il assume : faire la vaisselle, éplucher les légumes (*AV*, p. 25 et *FG*, p. 17). Quantité négligeable dans *Ce qu'ils disent ou rien* qui valorise le rôle de la mère, il a cependant le même parcours intellectuel que les autres pères chez Annie Ernaux : la jeunesse sans joie à la ferme (*CQDR*, p. 28), le certificat d'études comme seul diplôme, le travail dans une raffinerie (*CQDR*, p. 27), la lecture quotidienne de *Paris-Normandie*. Qu'ici il soit contremaître et non cafetier ne fait guère qu'aggraver son absence et correspond d'ailleurs à la promotion du père ouvrier dans *La place*. De toute façon « on ne se disait pas grand-chose », constate sa fille. Intellectuellement frileux, il s'en tient aux préjugés sur l'armée (*CQDR*, p. 67) et a choisi un syndicat apolitique (*CQDR*, p. 84). C'est dans *La femme gelée* qu'il est le moins sacrifié (sûrement par réaction contre le modèle bourgeois que le livre rejette). Il nous est longuement présenté (4 pages) comme un personnage doux et rêveur, tendre et attentionné, « papa-bobo précipité avec inquiétude sur mon genou saignant, qui va chercher les médicaments et s'installera des heures au chevet de mes varicelle, rougeole et coqueluche » (*FG*, p. 18).

Seulement, cette image attendrissante renvoie presque exclusivement au monde de la petite enfance et par la suite son rôle paternel ne paraît guère plus brillant que celui qu'il tient dans *Ce qu'ils disent ou rien*.

La présence maternelle se révèle bien autrement forte. Là encore, le second roman, décidément marginal, s'écarte des autres portraits, mais c'est pour retomber dans des images assez conventionnelles : la femme qui coud dans la salle de séjour, la ménagère modèle. Tout cela est bien incompatible avec le souvenir dominant ailleurs d'une mère qui s'accommode du désordre et de la saleté (*FG*, p. 21-22). Ainsi, l'ambiguïté des sentiments filiaux débouche sur des images contradictoires : l'une cherche à gommer les aspects jugés vulgaires de la mère pour atténuer la honte qu'ils causent, l'autre, vengeresse, accentue fortement ces mêmes aspects. *Ce qu'ils disent ou rien* signale ses manières grossières (*CQDR*, p. 51-52), son passé d'ouvrière textile (*CQDR*, p. 31), ses colères terribles, son emploi saisonnier de serveuse au « Café de la petite vitesse » (*CQDR*, p. 18). Dans toutes les œuvres, elle va à l'église, contrairement au père, lit des romans-photos, Delly et *Confidences*, des magazines féminins populaires : *Femmes d'aujourd'hui*, *Le Petit Écho de la mode*. Mais elle sait pousser sa fille aux études et s'efforce de retarder le temps des aventures sentimentales. C'est dans *Les armoires vides* qu'elle paraît la plus grossière et dans *La femme gelée* qu'elle est la plus valorisée. Écart fort logique puisque la première œuvre manifeste la révolte d'une étudiante contre son milieu d'origine, trop inculte, qui lui a rendu toute intégration sociale fort difficile, et sa rage contre les exigences et l'ingratitude de la classe dominante, alors que le troisième livre, *La femme gelée*, renverse le mouvement en dénonçant le piège bourgeois et tout particulièrement l'aliénation qu'il impose aux femmes. La vérité autobiographique de certaines scènes paraît d'autant plus flagrante qu'elles sont à la fois répétées d'une œuvre à l'autre et peu banales : ainsi, la sieste commune de la mère et de la fille (*CQDR*, p. 60 et *F*, p. 49) ou l'après-midi de courses à Rouen, avec étape dans une pâtisserie (*CQDR*, p. 57-58 ; *FG*, p. 29 et *P*, p. 82).

Dernier membre du trio familial, toujours dépourvue de fratrie, la narratrice vieillit inexorablement de livre en livre — sauf, encore une fois, dans *Ce qu'ils disent ou rien* où l'auteur se projette sur une adolescente de quinze ans initiée dans le même été à la littérature (*L'étranger* de Camus), à l'amour et à la dure loi sociale. À son tour, elle se sent étrangère au monde ; indifférente à la mort de sa grand-mère, la jeune fille est emportée par ses sensations, déroutée par des conventions morales qu'elle ignorait. Cette héroïne — Anne, prénom le plus voisin d'Annie — est peut-être si proche de son auteur qu'il a paru plus nécessaire de bouleverser les notions temporelles, de maquiller les lieux et l'image des parents. Toutefois, c'est une femme de trente-six ans qui écrit et elle dédie le roman « aux salopiots, Éric et David », ses enfants, âgés de treize et neuf ans à l'époque de la publication. Veut-elle manifester par là l'intemporalité de la révolte adolescente et reconnaître qu'à son tour elle est du côté de la loi ?

Cette exception mise à part, les deux autres narratrices — Denise Lesur (vingt ans quand son auteur en a trente-trois), la « femme gelée » (vingt-cinq ans face aux quarante et un ans d'Annie Ernaux à l'époque) — vivent des expériences on ne peut plus similaires : bonnes élèves à l'école privée, une amie initiatrice, Monette ou Brigitte, des flirts répétés, des examens : le bac, propédeutique à la faculté des lettres. Elles mènent toutes deux une vie indépendante à Rouen et tombent amoureuses d'un jeune homme de bonne famille. Un parcours banal, comme le pressentait Anne dans *Ce qu'ils disent ou rien :* « Nous ne sommes pas des personnages de roman, c'est assez visible, et il ne m'arrive rien. » (*CQDR*, p. 64.) Le roman comme solution ne fera plus long feu : « il aurait fallu transposer, et alors ça devenait tout de suite tarte » (*CQDR*, p. 64). L'anonymat total des narratrices à partir de *La femme gelée* renvoie donc au contraire à une transparence accrue : derrière le « je » se profile l'auteur. Et l'écart temporel entre l'écrivain et le personnage raconté finit par s'effacer. Écrit en 1983, *La place* renvoie à une action de 1967 ; *Une femme* et *Passion simple* sont rédigées à chaud, aussitôt après la mort de la mère ou la rupture avec l'amant.

On comprend alors le fil conducteur d'une œuvre axée sur l'autobiographie. Les romans transposent une expérience vécue :

Les armoires vides expriment la révolte d'une adolescente de la classe ouvrière contre ses origines, son angoisse devant les dés pipés de la vie sentimentale et son refus de la désinvolture masculine. *Ce qu'ils disent ou rien* développe et dramatise ce thème de la féminité bafouée auquel *La femme gelée* met un point d'orgue : comme Simone de Beauvoir avait raison dans *Le deuxième sexe* ! À ce livre qui prélude au divorce, succèdent les deux récits essentiels consacrés aux parents : *La place* et *Une femme*, qui cherchent à cerner la réalité profonde. Enfin, en contradiction totale avec le féminisme militant de *La femme gelée*, mais dans le même esprit d'analyse que *La place* et *Une femme*, *Passion simple* expose toute l'aliénation consentie d'une aventure vécue. Chaotique si l'on s'en tient à un raisonnement théorique, l'œuvre retrouve sa cohérence en revendiquant la liberté et la lucidité. Ce regard que l'introspection a aiguisé se retournera ensuite sur le monde extérieur dans le *Journal du dehors*.

II. UNE ÉVOLUTION PROFONDE

LA SUPPRESSION DE TOUTE AFFABULATION

Le roman permet de déguiser en transposant, par pudeur ou pour protéger des proches. Or, au moment où Annie Ernaux rédige *La place* (novembre 1982-juin 1983, nous dit-elle), elle ne voit plus la nécessité d'épargner qui que ce soit : son père est décédé en 1967, elle s'est séparée de son mari, sa mère, encore valide, n'a plus toute sa tête, ses enfants sont en âge de savoir. Avec l'approche de la maturité vient sans doute le désir d'assumer, voire de revendiquer son passé[1].

1. Voir Dossier, p. 174.

Ainsi disparaissent les noms d'emprunt, qui d'ailleurs n'ont pas été des masques impénétrables : Ninise, surnom de Denise Lesur, pouvait aussi bien s'appliquer à Annie. La deuxième héroïne n'a déjà plus qu'un prénom : Anne, si proche de celui de l'auteur. Il n'y en aura pas de troisième. *La place* et *Une femme* rétablissent une vérité anecdotique plus complexe que celle des romans, par exemple en ce qui concerne les professions successives des parents ou la chronologie exacte des études supérieures de la narratrice (ainsi le séjour à Londres ou le passage à l'École normale sont-ils gommés dans les romans). Rien de bien révolutionnaire dans ces changements, d'autant plus que l'auteur détient seule la clé de certains événements. Par exemple, les lecteurs des *Armoires vides* pouvaient considérer que l'avortement qui donne au roman sa structure temporelle et thématique était imaginaire. Or, *Passion simple* nous apprend qu'Annie Ernaux a tenu à faire un pèlerinage « passage Cardinet, dans le XVIIe, là où [elle a] avorté clandestinement il y a vingt ans » (*PS*, p. 64). Alors, la dépression dont est victime Anne, à sa rentrée en seconde, dans *Ce qu'ils disent ou rien* : vécue ou inventée ? Transposée plutôt. La totale subjectivité des trois romans et leur statut fictionnel ont permis de libérer l'auteur de sa violence intérieure, mais elle m'a déclaré dans notre entretien[1] n'avoir romancé que par bouleversement de la chronologie et concentration d'événements sur une brève période. L'essentiel renvoie à ce qu'elle ressentait pendant les grandes vacances à Yvetot. De surcroît, le roman propose ici un jeu de miroirs : le professeur de français de *Ce qu'ils disent ou rien* fait écho à l'auteur du livre. *La place* et *Une femme* refusant les demi-vérités, se présentent au contraire comme des récits en quête de vérité totale.

1. Voir Dossier, p. 183.

UN CHANGEMENT RADICAL DANS LA STRUCTURE DU RÉCIT

Les six premières œuvres d'Annie Ernaux sont toutes rédigées à la première personne. Ce point commun majeur n'empêche cependant pas de constater des divergences de structure entre les trois premiers livres et les trois suivants.

Les trois premières narratrices sont totalement impliquées dans leur récit. Elles rêvent d'écrire justement pour se comprendre et convaincre le monde de leur bonne foi, voire de leur bon droit face aux attaques, injustifiées à leur avis, dont elles sont victimes de la part des parents, de l'école, de la bourgeoisie ou du sexe masculin. Leur monologue intérieur véhément, agressif même, occupe la totalité du livre qui empoigne alors le lecteur, créant une atmosphère assez étouffante.

Du simple point de vue de la présentation, *Les armoires vides*, par exemple, peuvent décourager un lecteur ordinaire. Aucun dialogue ne vient aérer les alinéas. On n'entend parler les personnages que fragmentairement, jamais ils ne se répondent directement. Seul nous arrive l'écho des paroles prononcées par les uns ou les autres, telles que les a ressenties, et les remâche indéfiniment, la narratrice : « Et d'un seul coup, la poignée de mots qui va tourbillonner en moi pendant des heures entières, qui va me faire honte : " Café aussi ? Il y a des bonshommes saouls alors ? C'est dégoûtant ! " Ma faute, j'aurais dû me taire, je ne savais pas. » (*AV*, p. 60.) En feuilletant le livre, on constate que très fréquemment une double page ne présente qu'un seul alinéa nouveau, il arrive même qu'il n'y en ait pas du tout (p. 80-81, p. 88-89 ou encore 106-107, 150-151 etc.). Dans ce volume de 172 pages on ne trouve que 68 paragraphes. *Ce qu'ils disent ou rien*, roman moins volumineux que le précédent, est peut-être d'une présentation plus dense encore. Un même alinéa peut se dérouler par exemple de la page 24 à la page 41. En tout, il n'y en a que 17 pour 146 pages. Certes, les phrases sont courtes le plus souvent et la ponctuation bien nette, mais on est loin de la limpidité de *L'étranger* de Camus, référence avouée pour cette œuvre.

La femme gelée pratique un découpage assez proche de celui des *Armoires vides*, avec cette différence notable que des sortes de sous-chapitres apparaissent à trente reprises, segmentés par une à trois lignes blanches, ce qui ne se produisait qu'une fois dans le premier roman et deux fois dans le second. Le texte est donc moins compact. Mais cela n'a rien à voir avec la présentation morcelée, voire fragmentée, qui caractérise les deux œuvres suivantes et leur donne une apparence de sérénité, d'objectivité limpide dans l'analyse et de sincérité dans le souvenir. *La place* comporte 194 alinéas et 103 blancs de une à sept lignes, *Une femme*, 158 alinéas et 71 blancs de une à quatorze lignes.

On constate ainsi l'évolution de l'écriture d'Annie Ernaux. De la tension extrême de ses premiers romans, elle est passée progressivement à un récit morcelé où seuls subsistent les faits, les jugements abrupts ayant disparu. Dans *La place* et *Une femme*, l'auteur, prenant du recul, nous incite à « développer » l'image qu'elle nous livre. Les deux œuvres, en effet, font appel à la participation du lecteur, chargé de rétablir l'enchaînement implicite, de mesurer la déception, l'amertume ou la souffrance qu'une brève notation, apparemment isolée, nous révèle.

À la structure compacte et oppressante a donc succédé une architecture plus aérienne, à la fois plus élégante, plus subtile et plus efficace.

UNE NARRATRICE MOINS ÉGOCENTRIQUE

À cette modification de l'écriture correspond un apaisement de la narratrice qui facilite une lecture d'identification.

L'agressivité est le trait dominant des trois premiers personnages qui règlent leurs comptes dans un monologue sans nuances. Denise clame son dégoût à l'égard de sa famille : « J'ai toujours horreur d'aller les voir... Sale, crado, moche, déguelbif... Je les attraperai tous les microbes. C'est leur faute... Je les haïssais tous les deux. » (*AV*, p. 110-111.) *Les armoires vides* abondent en phrases brutales et définitives. Le vocabulaire claque, familier, grossier parfois, non seulement dans les paroles rapportées mais dans le monologue intérieur lui-même (par exemple : « ça te bouchera pas le trou du cul », phrase attribuée à la mère, mais aussi telle observation de la narratrice : « le picrate à 11°, les pernods et les rincettes, ça voulait dire des jambes flageolantes, des dégueulis, de la pistrouille et des zézettes avachies » *AV*, p. 104). Les réflexions saugrenues ne manquent pas : « L'église, je n'ai jamais vu de plus belle maison, plus propre. Si on pouvait y manger, y dormir, y rester tout le temps, faire pipi » (*AV*, p. 37).

Ce genre de provocations chez le personnage narrateur et, probablement sur un autre plan, chez l'auteur, disparaît dans *La place* et *Une femme* où l'écriture, sans être vraiment classique, pratique davantage l'euphémisme. Ainsi, l'épisode de la robe déchirée par l'accident est sobrement commenté : « Le drame, les cris, la journée est finie. “ Cette gosse ne *compte* rien ! ” » (*P*, p. 58). Le vocabulaire populaire est souvent mis en italique, manifestant le détachement de la narratrice vis-à-vis d'un langage qui n'est plus le sien. Enfin, en dix ans, depuis la rédaction des *Armoires vides*, le jugement d'Annie Ernaux sur sa famille a considérablement évolué. L'amertume de Denise Lesur, déshonorée par des parents trop populaires, commençait déjà à se reporter sur le monde bourgeois, bien décevant. Au fil du temps, ce mouvement s'accentue et les certitudes agressives de la jeunesse s'effritent. C'est à l'imparfait que l'auteur de *La place*, parlant de son père, constate : « Je croyais toujours avoir raison parce qu'il ne savait pas *discuter*... J'étais sûre qu'il était légitime de vouloir le faire changer de manières » (*P*, p. 82). La rébellion adolescente, racontée avec une douloureuse culpabilité, ne choque plus le lecteur qui se sent mieux disposé à comprendre la situation.

En concordance avec cette pondération, déjà bien amorcée dans *La femme gelée*, la narratrice, adoptant un point de vue beaucoup moins égocentrique, ne s'accorde plus la première place : à son père, à sa mère, l'honneur d'être le personnage principal. Ce seul geste réhabilite déjà les différents protagonistes : la fille parce qu'elle cherche à comprendre ses parents, ces derniers parce qu'ils sont vus dans l'enchaînement de leur destin qui excuse leurs fautes et souligne leur mérite.

À l'écriture émotionnelle des trois premiers romans succède donc le simple énoncé des faits, qui refuse tout jugement et se limite au constat objectif. Le monologue intérieur débridé cède la place à une reconstitution patiente où, comme pour un puzzle, les paragraphes isolés qu'on additionne finissent par dessiner un portrait fidèle des personnages. En donnant au *je* l'objectif prioritaire de reconstituer un *il* ou un *elle*, Annie Ernaux supprime en apparence l'émotion. Mais, paradoxalement, c'est parce qu'elle ne la transcrit pas qu'elle la suscite davantage chez son lecteur.

Une autre différence, thématique, sépare *La place* et *Une femme* des trois romans précédents. Les héroïnes des premières œuvres s'étendent longuement sur l'éveil de leur sensualité et leurs premières aventures amoureuses, parlant avec des mots crus des règles et de la masturbation, affichant sans pudeur leurs désirs et courant les garçons avec la même avidité de collectionneur que les don Juans amateurs. Or, *La place* et *Une femme* se consacrent exclusivement aux relations familiales : les deux récits y gagnent en unité, acquérant ainsi une rigueur toute classique.

L'évolution majeure d'Annie Ernaux concerne, non pas le sujet abordé, qui reste fondamentalement le même, mais le point de vue choisi pour la narration. À la vision agressivement subjective du début, succèdent un ton réfléchi et un style posé. Dans *La place*, *Une femme* et *Passion simple*, il s'agit de faire un bilan, sans concession au conformisme : « j'accumule seulement les signes d'une passion » (*PS*, p. 31), « ce que j'espère écrire de plus juste se situe sans doute à la jointure du familial et du social, du mythe et de l'histoire » (*F*, p. 23), « je rassemblerai les paroles, les gestes, les goûts de mon père, les faits marquants de sa vie, tous les signes objectifs d'une existence que j'ai aussi partagée » (*P*, p. 24). Un inventaire sans lyrisme ni ironie. Ni Cohen ni Céline. Annie Ernaux : le ton qui est vraiment le sien, celui qu'on reconnaîtra d'emblée dans le *Journal du dehors*, scrupuleux, attentif, lucide. Le succès vient consacrer la conquête d'un écrivain sur lui-même, son renoncement aux conventions floues du roman autobiographique, à la mode du monologue intérieur incontrôlé, aux tentations du vocabulaire provocant. Mais elle a su rester fidèle à sa thématique majeure : la quête lucide, obstinée de son identité à travers ses sensations et ses sentiments et malgré ce que la vie lui a imposé : un milieu social, des rencontres, des échecs et des réussites.

III UNE ÉTUDE SOCIOLOGIQUE DES MILIEUX POPULAIRES

La démarche ethnologique de *La place* et *Une femme* découle de la recherche de l'objectivité. « Rassembler les paroles, les gestes, les goûts [du] père, les faits marquants de sa vie » (*P*, p. 24) ne mène pas à une biographie traditionnelle. La « distance » qui est venue entre la narratrice et ses parents, et sans doute aussi l'absence d'événements dans ces vies modestes absorbées par la routine, ne permettent pas d'envisager un récit de cette nature. Familial dans son point de départ, le projet s'élargit nécessairement, car « révéler la trame significative d'une vie », c'est s'« arracher du piège de l'individuel » (*P*, p. 45) et, considérant l'importance du conditionnement social et familial, « aller dans le sens de la vérité » (*F*, p. 52). Des héros, peut-être, dominent leur temps, mais les parents de la narratrice ont fait partie des dominés ; on ne peut les comprendre qu'en se référant à ce qui les a construits : une famille — plus ou moins pathogène qui, loin de les aider, les handicape plutôt —, un milieu social — ouvriers puis petits commerçants — et une époque — le XXe siècle. Ainsi apparaît une différence fondamentale avec *Le cheval d'orgueil* de Hélias ou *Le horsain* d'Alexandre : le régionalisme n'est pas considéré par Annie Ernaux comme déterminant. Réduite au minimum, la couleur locale (par exemple, le parler cauchois) n'est jamais traitée pour elle-même. Elle ne sert qu'à authentifier un récit dont l'objectif profond est la mise au jour du comportement aliéné du prolétariat, quelle que soit la province où il vit, et même quelle que soit l'époque précise à laquelle il vit. L'auteur signale que, pour réveiller sa mémoire, elle ne s'est adressée ni à des souvenirs personnels (trop égocentriques), ni à des livres d'histoire mais qu'elle a observé le peuple qui, en 1982-1983, perpétuait des façons de vivre plus universelles qu'il n'y paraît : « C'est dans la manière dont les gens s'assoient et s'ennuient dans les salles d'attente, interpellent leurs enfants, font au revoir sur les quais de gare que j'ai cherché la figure de mon père. J'ai retrouvé dans des êtres anonymes rencontrés n'importe où, porteurs à leur insu des signes de force ou d'humiliation, la réalité oubliée de sa condition » (*P*, p. 100). La sécheresse des notations ethnologiques se transforme donc subtilement en accusation contre la dureté d'un monde capitaliste qui contraint les plus faibles et leur impose des réactions stéréotypées[1]. L'analyse la plus originale des deux œuvres porte sur la vie professionnelle du couple. Le petit épicier, qui le reste toute sa vie, n'a rien de commun ni avec la stupéfiante réussite des Cardot ou Camusot de Balzac ni avec la tragique déchéance d'une Gervaise dépeinte par Zola. Ni triomphant ni ruiné — comme dans *Au bonheur des dames* —, le petit commerçant des années cinquante est analysé par Annie Ernaux dans sa vie quotidienne, avec ses joies et ses angoisses. D'une façon plus générale, les deux livres portent aussi témoignage d'un mode de vie et d'une culture populaires, à condition de donner au mot « culture » le sens que lui donne la sociologie : ensemble des idées, des valeurs et des attitudes en vigueur dans un groupe social à une certaine époque.

1. Le *Journal du dehors* procédera de la même façon en n'observant cette fois que l'époque actuelle.

I. LA VIE DES PETITS COMMERÇANTS

Comment devient-on cafetier-épicier dans les années trente ? C'est tout un engrenage qui conduit le père et la mère d'Annie Ernaux à prendre cette décision. Ouvriers modestes, ils décident, à la naissance de leur premier enfant, de se consacrer à son éducation. Mais la jeune femme, active et ambitieuse, vit assez mal ce statut de mère au foyer (*P*, p. 38). Le père a pourtant fait face : il gagne davantage en travaillant pour un couvreur. Le coup de pouce du destin, comme dans *L'Assommoir* de Zola, c'est un accident du travail : « On a ramené mon père sans voix, tombé d'une charpente qu'il réparait, une forte commotion seulement » (*P*, p. 38). Heureusement, le sort leur est moins défavorable qu'aux héros de Zola. Car on se rappelle que sa chute a transformé Coupeau et l'a engagé sur la voie de l'alcoolisme. Rien de tel pour le père de la narratrice. C'est la mère qui a « l'idée... de prendre un commerce », croyant sans doute que le couple pourrait en vivre — ce qui se révélera faux, du moins à Lillebonne. Une fois la décision prise, ils n'ont pas eu à choisir leur spécialité. Sans formation professionnelle, sans capital, il leur faut « un commerce pas cher parce qu'on y gagne peu » (*P*, p. 39). Rien de plus logique comme enchaînement des faits si l'on considère la double détermination de leur condition sociale et de leur trait de caractère dominant : l'ambition.

« UN PAYS DE COCAGNE »

Les aspects positifs de ce mode de vie ne sont pas niés par la narratrice. Le commerce, modèle réduit d'un « pays de cocagne » (*P*, p. 40), permet une générosité aux confins de la vanité, « heureux qu'ils étaient d'offrir au beau-frère chaudronnier ou employé de chemin de fer le spectacle de la profusion » (*P*, p. 44-45). Les ouvriers peuvent les traiter de riches ; financièrement, c'est bien exagéré puisque la mère ressent « l'amertume de gagner à peine plus qu'une ouvrière » (*F*, p. 41) ; du moins, ils sont sur la bonne voie, celle de l'évolution. « Obligée d'aller partout (aux impôts, à la mairie), de voir les fournisseurs et les représentants », la commerçante sort du milieu populaire : elle doit « se surveiller en parlant », ne plus « sortir en cheveux » (*F*, p. 41). Elle devient patronne « en blouse blanche » (*P*, p. 43). Elle y gagne son émancipation, fruit des responsabilités qu'elle doit assumer.

L'épicière tire aussi orgueil de la parcelle de pouvoir qu'elle détient — même si elle n'en abuse pas — sur les plus pauvres : « n'aidait-elle pas des familles à survivre en leur faisant crédit » (*F*, p. 41). Or le couple peut refuser ce service, ou du moins l'assortir de remontrances : « Ils se sentaient toutefois *le droit de faire la leçon* aux imprévoyants ou de menacer l'enfant que sa mère envoyait exprès aux courses à sa place en fin de semaine, sans argent... Ils ne sont plus ici du bord le plus humilié » (*P*, p. 43), conclut la narratrice. Son père a conscience « d'avoir une fonction sociale nécessaire, d'offrir un lieu de fête et de liberté » (*P*, p. 54). Tout cela est gratifiant et donne un agréable sentiment de respectabilité. Ils deviennent le centre d'un « monde élargi » (*F*, p. 41) puisque café et épicerie sont des lieux de confidences parfois, de conversations toujours. Travail et vie familiale arrivent à s'échaîner sans trop de problèmes : il n'y a qu'une porte à franchir — celle de la cuisine — pour passer de l'un à l'autre.

Cette image d'Épinal du commerçant, assez proche au fond du paternalisme qui se dégage du *Tour de la France par deux enfants*[1], même si elle est superficielle, n'est pas complètement fausse. Lorsque, son fonds vendu, la mère vient s'installer chez ses enfants à Annecy, la narratrice se rappelle : « Au début, elle a été moins heureuse que prévu. Du jour au lendemain, sa vie de commerçante était finie, la peur des échéances, la fatigue, mais aussi le va-et-vient et les conversations de la clientèle, l'orgueil de gagner " son " argent. Elle n'était plus que " grand-mère ", personne ne la connaissait dans la ville et elle n'avait que nous à qui parler. Brutalement, l'univers était morne et rétréci, elle ne se sentait plus rien » (*F*, p. 76). Même si l'analyse peut aisément s'appliquer à d'autres départs en retraite, on est frappé de trouver l'antithèse : monde élargi-univers rétréci. Le commerce est donc bien une étape dans la promotion sociale.

1. Voir Dossier, p. 152.

DIFFICULTÉS ET CONTRAINTES

Mais Annie Ernaux insiste davantage sur les difficultés et les contraintes de ce métier.

D'abord, elle tient à relativiser l'utilité sociale du café, « évidemment un " assommoir " pour ceux qui n'y auraient jamais mis les pieds » (*P*, p. 54). Archaïque, le bistrot n'a rien à voir avec le rêve paternel d'une brasserie, au centre de la ville, « avec une terrasse, des clients de passage, une machine à café sur le comptoir » (*P*, p. 74). Il reste donc populaire et son ouverture sur le monde, relative. Pourquoi l'évolution sociale s'est-elle arrêtée à ce stade modeste ? En dehors des contraintes financières, on peut accuser le rythme anesthésiant d'une vie dévorée par la routine : « La radio en fond, le défilé des habitués... les mots d'entrée rituels comme les réponses... constatations des choses, chant alterné de l'évidence... les plaisanteries rodées » (*P*, p. 76). Le commerce monopolise le temps et les forces — « pas un moment à soi » (*F*, p. 40) — et, dans la mesure où il entretient l'incertitude du lendemain — car la concurrence est rude —, il finit par ne faire souhaiter qu'un *statu quo*. S'accrocher à ce qu'on possède et ne pas courir davantage de risques. Première étape dans la promotion sociale, mais aussi la dernière. Tout le monde n'est pas Octave Mouret, le héros triomphant d'*Au bonheur des dames*. De plus, le fonds ne sera vendu qu'en maison particulière (*F*, p. 75), ce qui prouve la faible rentabilité de l'investissement.

Le monde du petit commerçant, dans *La place* et *Une femme*, se limite à la clientèle et se scinde dramatiquement en deux blocs, les bons et les méchants (*P*, p. 75). La spirale paranoïaque débouche sur un comportement suicidaire : « Le monde allait *ailleurs*, à la Coop, au Familistère, n'importe où. Le client qui poussait alors la porte innocemment paraissait une suprême dérision. Accueilli comme un chien, il payait pour tous ceux qui ne venaient pas » (*P*, p. 42). L'amertume pousse aux calculs mesquins, comme le prouve l'anecdote, comique et pourtant si vraie, du pain qu'il fallait aller « chercher... à un kilomètre de la maison parce que le boulanger d'à côté ne nous achetait rien » (*P*, p. 75). Annie Ernaux souligne cette crainte obsédante du commerçant : manger le fonds, être dévoré par la concurrence, qu'on leur « fasse du tort » (*P*, p. 52) : « Chaque fois qu'un magasin nouveau s'ouvrait dans Y... [mon père] allait faire un tour du côté, à vélo » (*P*, p. 84).

Très vite, ils se sentent dépassés, vaincus par l'audace des magasins neufs, comme les Baudu dans *Au bonheur des dames* : « Les femmes du quartier remplissaient leur panier pour le dimanche dans les grandes alimentations du centre » (*P*, p. 84). Ils ne voient pas comment résister : « on leur donnerait la marchandise qu'ils ne viendraient pas chez vous » *(ibid.)*. La crise que traverse le commerce traditionnel les touche de plein fouet : adaptée à un monde semi-rural, leur épicerie, plus chère que les coopératives pour les produits courants, ne peut retenir une clientèle populaire ni attirer la petite bourgeoisie. Denise Lesur déjà, impitoyable, attaquait ainsi sa mère : « Trop aimable aussi avec les clientes rupines qui viennent quand il leur manque du sucre : " Et avec ça, madame ? " Aplatie, guettant les mots que la mémère laisse tomber. " Des raisins de Malaga, si vous avez. " L'œil vague de ces bonnes femmes, pas habituées au foutoir de la boutique, méfiantes, et ma mère qui court dans tous les sens, qui retourne l'épicerie pour trois raisins. Triste : " J'en ai plus... " Y a jamais rien chez nous de ce que veulent les gens chics. C'est pas une épicerie fine, juste une boutiquette de quartier » (*AV*, p. 98).

Leurs tentatives de modernisation sont en retard d'une mode. Ce n'est pas sans ironie qu'Annie Ernaux constate : « Ils ont pu embellir la maison, supprimant ce qui rappelait l'ancien temps, les poutres apparentes, la cheminée, les tables en bois et les chaises de paille » (*P*, p. 57). Toutes choses que déjà les cafetiers qui ont du « flair » (*P*, p. 84) commencent à rechercher pour une clientèle élégante. Par contre, ce qu'ils mettent à la place ; « papiers à fleurs... comptoir peint... simili-marbre » renvoie fortement à l'esthétique populaire. Découragé, son père a « de moins en moins la perception des bouleversements qu'il aurait fallu pour attirer une nouvelle clientèle. Se contentant de celle que les blanches alimentations du centre effarouchaient... il s'était résigné à ce que son commerce ne soit qu'une survivance qui disparaîtrait avec lui » (*P*, p. 90). Même en votant Poujade[1], il n'a pas l'espoir

1. Voir Dossier, p. 173.

de changer les choses en profondeur. Il le fait juste par vengeance, sans conviction (*P*, p. 75).

Et pourtant, que n'a-t-il pas sacrifié à ce client qui le trahit aujourd'hui ! Il a dû, pour ne pas lui déplaire, adopter servilement les opinions courantes et fuir toute prise de position personnelle : « Il gardait ses idées pour lui. *Il n'en faut pas dans le commerce* » (*P*, p. 42). Ouvrier quand sa femme tient l'alimentation de Lillebonne, il ne peut se permettre d'être syndiqué. Que dirait-on ? ! Quoique fasciné par la gauche : « 36, le souvenir d'un rêve... » (*P*, p. 44), il craint cependant les « rouges qui lui prendraient son fonds ». L'extrême droite aussi lui fait peur : les défilés des Croix-de-feu l'impressionnent[1]. Il ne trouve pas sa place dans la vie politique. Ce petit commerçant frileux croit qu'il doit être conservateur parce qu'il a une boutique et finit par renoncer à s'impliquer dans la vie du pays : « comment ça va finir tout ça » (*P*, p. 88). Cette capitulation devant le jugement des autres devient même une obsession qui semble caractéristique du pays de Caux : " *Qu'est-ce qu'on va penser de nous ?* " (les voisins, les clients, tout le monde). Règle : déjouer constamment le regard critique des autres par la politesse, l'absence d'opinion, une attention minutieuse aux humeurs qui risquent de vous atteindre » (*P*, p. 61). Cet esclavage se répercute sur le comportement religieux : la mère préférerait que son mari aille à la messe, ce à quoi il se refuse. Mais cette divergence d'opinion dans le couple leur permet du coup de garder la clientèle des deux bords.

1. Voir Dossier, p. 172.

Dernier sujet épineux : l'éducation de leur fille unique. La mère l'envoie à l'école libre, dans le désir de se distinguer du milieu ouvrier environnant. Mais cela risque de paraître prétentieux. Il faut donc ménager les susceptibilités.

Cette situation rappelle celle des parents de Giono, avec toutefois la différence majeure que, là, le père était solidaire des anarchistes. Dans *Jean le bleu*, le fils du cordonnier raconte : « On peut s'étonner que mon révolutionnaire de père ait consenti à me donner cette école. Au moment de la décision, il avait été question de rien de moins que de pain quotidien. Mon père... travaillait seul, sans boutique, sans devanture... Il était l'esclave de la ville... On lui avait gentiment mis le marché en main[1]. »

---

1. Jean Giono, *Jean le bleu*, Livre de poche, p. 30.

La réussite scolaire de la narratrice pose aussi à ses parents un problème insoluble de diplomatie commerciale. Comment expliquer à leurs clients qu'ils ont une fille qui, à dix-sept ans, ne gagne pas sa vie, ne sert ni au café ni à l'épicerie : « Il craignait qu'on ne me prenne pour une paresseuse et lui pour un crâneur » (*P*, p. 81). Deux vices rédhibitoires dans le commerce. Deuxième angoisse : les implications financières de la situation. Si la fille ne gagne pas sa vie, c'est que les parents ont les moyens de l'entretenir. Ils se sont donc bien enrichis dans leur métier. Sur le dos des clients, bien sûr. Voilà ce qu'on va penser. La vérité est qu'elle est boursière. Mais ce privilège qu'elle a conquis par un examen risque de paraître exhorbitant. D'où la gêne, « presque de la honte » (*P*, p. 81), et le désir du père d'éluder les questions : « toujours cerné par l'envie et la jalousie, cela peut-être de plus clair dans sa condition » (*P*, p. 92).

La réalité quotidienne d'une épicière de quartier comme il y en avait tant dans les années cinquante, c'est avant tout une disponibilité sans faille. Une mère commerçante appartient « d'abord aux clients » (*F*, p. 52). Elle se doit aussi d'apprendre à sa fille les « règles à observer vis-à-vis des clients — dire bonjour d'une voix claire, ne pas manger, ne pas se disputer devant eux, ne critiquer personne... ne jamais croire ce qu'ils racontent, les surveiller discrètement quand ils sont seuls dans le magasin » (*F*, p.53). Le client n'est plus qu'un ennemi potentiel, qu'il faut séduire et dompter à la fois. Cirque ou théâtre, l'épicerie de toute façon exige un numéro d'acteur sur un canevas traditionnel mais à renouveler sans cesse : « Au coup de sonnette, elle entrait en scène, souriante, la voix patiente pour des questions rituelles sur la santé, les enfants, le jardin. Revenue dans la cuisine, le sourire s'effaçait, elle restait un moment sans parler, épuisée par un rôle où s'unissaient la jubilation et l'amertume de déployer tant d'efforts pour des gens qu'elle soupçonnait d'être prêts à la quitter s'ils " trouvaient moins cher ailleurs " » (*F*, p. 53). À juste titre d'ailleurs, puisque le premier supermarché apparu a drainé la clientèle populaire. L'épicerie de quartier n'a plus été qu'un dépannage. On ne cherchait plus à faire semblant d'être un bon client, la cruauté du système capitaliste ayant fini par contaminer même ses victimes. Exploiter sans vergogne est devenu la règle : « On dérangeait toujours le petit épicier du coin pour le paquet de café oublié en ville, le lait cru et les malabars avant d'aller à l'école » (*P*, p. 99).

Pessimiste, Annie Ernaux constate la dégradation des relations sociales dans une petite ville où la mentalité étriquée et individualiste ne permet plus les amitiés franches, la vie collective d'un quartier autour de son épicerie et de sa boulangerie. C'est moins une distance géographique qui sépare le café d'Yvetot du bar marseillais dans *Marius* de Pagnol, ou du commerce provençal dans le film *La femme du boulanger*, qu'une évolution morale qui privilégie l'argent et l'efficacité au détriment de la solidarité et de l'affection. On avance à grands pas vers le système impersonnel, anonyme et froid des hypermarchés.

La narratrice complète la photographie du petit commerçant des années cinquante en rappelant qu'il est totalement démuni de couverture sociale. Se faire opérer d'un polype à l'estomac, « c'est une tuile » (*P*, p. 86). Il faut quitter le plus rapidement possible la clinique et attendre soixante-cinq ans avant d'avoir le droit à la Sécurité sociale. Droit qui devient une « satisfaction », de même que coller les vignettes est vécu comme un « bonheur » (*P*, p. 99).

Sans grandes phrases indignées, Annie Ernaux démontre la dureté d'un système commercial qui broie les plus faibles sans tenir compte de leur bonne volonté ni de leurs efforts. Elle fait un sort au mythe du commerçant escroc en prouvant que, malgré leur travail permanent, ses parents n'atteignaient qu'un niveau de vie bien modeste : un petit logement, une 4 CV, un enfant unique bien tenu mais boursier et qu'il est hors de question d'envoyer en vacances. La précision des souvenirs, la sécheresse des phrases permettent donc de lire *La place* et *Une femme* comme un document sans fard sur le monde des petits commerçants que le modernisme a sacrifiés.

II. COMPORTEMENTS POPULAIRES

Les deux œuvres fourmillent également de détails qui sont autant d'indices sur la condition populaire des années cinquante et qu'on peut regrouper autour de quelques thèmes.

LA VIE DE COUPLE

Le monde dans lequel évolue le grand-père paternel est encore celui que décrivait Zola dans *La terre* ou *Germinal*. La femme gère les finances du ménage, donne au mari l'argent de poche qu'il dépensera le dimanche dans les cafés (*P*, p. 25). L'alcoolisme de l'homme, le travail continuel de la femme qui tisse à domicile et élève cinq enfants ont annihilé l'amour. Le couple s'enferme alors dans les relations stéréotypées du roman naturaliste : violence masculine, neurasthénie féminine. Le tableau s'achève sur deux images sombres : le grand-père à l'hospice, la grand-mère paralysée, trouvant une ultime consolation dans les pratiques superstitieuses : « Pour guérir, elle allait voir saint Riquier, saint Guillaume du Désert, frottait la statue avec un linge qu'elle appliquait sur les parties malades » (*P*, p. 27).

Quoique n'ayant pas eu une vie plus facile, les grands-parents maternels de la narratrice n'ont pas les mêmes comportements familiaux. Idolâtré par sa fille, mais mort bien avant la naissance de sa petite-fille, le mari est succinctement présenté comme un « homme fort et doux » (*F*, p. 26). Toute l'autorité est assumée par la femme, qui a tendance à en abuser quelque peu : elle fait la loi, dresse ses enfants, est peu commode (*F*, p. 25).

C'est sur ce modèle que se construit le ménage des parents, qui n'est donc pas du tout conforme au schéma imposé par la bourgeoisie : une femme soumise au chef de famille qui, seul, garde sa libre initiative. Enfant, Annie Ernaux n'a pas sous les yeux l'exemple d'une ménagère docile. Le père s'efface volontiers, laisse sa femme prendre les décisions majeures et devenir patronne, dans le commerce comme chez elle. *La femme gelée* traduisait le choc de la narratrice devant les exigences bourgeoises. Issus tous les deux de familles nombreuses, les parents rejettent la misère qui en résulte et pratiquent une contraception sommaire mais efficace (« ne pas s'oublier dans une femme », *P*, p. 38). Selon leur fille, ils vivent leur sexualité d'une façon très conventionnelle pour l'époque : elle, pudique ; lui, volontiers grivois : « Elle a toujours eu honte de l'amour. Ils n'avaient pas de caresses ni de gestes tendres l'un pour l'autre... Il lui disait souvent des choses ordinaires mais en la regardant fixement, elle baissait les yeux et s'empêchait de rire. En grandissant, j'ai compris qu'il lui faisait des allusions sexuelles » (*P*, p. 37). Soudé par la vie professionnelle, n'envisageant ni d'un côté ni de l'autre une aventure extraconjugale, le couple illustre assez bien la solide vertu du peuple, protégé des tentations qu'offre une vie plus oisive. Contrastant avec cette réelle fidélité, leur relation quotidienne s'exprime sur le mode de l'agressivité : « un ton de reproche », des chicanes permanentes, voire des insultes (*P*, p. 71). Ils ne savent pas se parler tendrement. Pudeur peut-être, mais aussi malaise devant un langage qu'ils maîtrisent peu, des mots qui leur paraîtraient grandiloquents, inadaptés.

Bourru, plus habitué à la dispute qu'au duo sentimental, le couple correspond tout à fait à l'image du ménage populaire qui apparaît au cinéma dans des films comme *Quai des Brumes* de Carné.

LES SOINS DU CORPS

Dans un milieu qui cherche d'abord à survivre et qui n'a ni le temps ni les moyens de cultiver l'esprit, le corps accapare tous les soins.

L'hygiène, pourtant, n'est pas encore entrée dans les mœurs. Le père dort « toujours avec sa chemise et son tricot de corps » (*P*, p. 69). Il ne se rase que trois fois par semaine et refusera toujours d'utiliser le cabinet de toilettes aménagé à l'étage, préférant se servir de l'évier de la cuisine. L'influence paysanne reste ici prédominante, aggravée par le préjugé selon lequel seules les femmes se pomponnent. Même à plus de cinquante ans, l'after-shave lui paraît un luxe douteux.

La mère, par contre, sacrifie au rite obligatoire du maquillage, avec des gestes qu'Annie Ernaux évoque avec précision (*F*, p. 46). Relativement coquette, aimant « ce qui fait " habillé ", le magasin du Printemps, plus " chic " que les Nouvelles Galeries » (*F*, p. 56), elle soigne son apparence car elle a conscience que c'est le symbole de son rang dans la société. Pour paraître conforme au modèle social, elle est capable de suivre un difficile régime amaigrissant. Elle atteint presque son idéal, plus ou moins celui du *Petit Écho de la mode*, sur une photo où on la voit « plus mince qu'avant dans un chemisier Rodier » (*F*, p. 80) ; toutefois les larges mains avec lesquelles elle couvre les épaules de ses petits-fils trahissent son origine populaire.

Si les recherches vestimentaires de la mère sont souvent mentionnées, il n'est guère fait allusion aux habits du père : en casquette sur une photo (*F*, p. 22), en bleu à l'épicerie (*F*, p. 43), mais le dimanche en costume bourgeois, « un ensemble, pantalon foncé, veste claire sur une chemise et une cravate » (*F*, p. 55). Il inaugure ses premiers boutons de manchette le jour du mariage de sa fille.

S'habiller, se laver ne sont pas encore des plaisirs pour lui. Par contre, se nourrir est une fête. Les privations de l'enfance ont sacralisé les aliments. Comme Vallès à qui l'on répétait qu'un morceau de pain ne se jette jamais, Annie Ernaux connaît les réactions de son père : « Me voir laisser de la nourriture dans l'assiette lui faisait deuil. On aurait pu ranger la sienne sans la laver » (*P*, p. 68). Ses grands-parents arrivaient aux pantagruéliques repas de noce et de communion « le ventre creux de trois jours pour mieux profiter » (*P*, p. 28). Un enterrement même s'accompagne d'un solide repas qui traîne jusqu'à dix-sept heures. Il en est d'ailleurs ainsi pour toutes les fêtes, aussi bien lorsqu'on retrouve les amis de Lillebonne (« on assemblait bout à bout les tables du café pour manger », *F*, p. 48) que lorsqu'on invite la famille (« ils restaient tous à table jusqu'au milieu de l'après-midi à évoquer la guerre, les parents », *P*, p. 66). Dans *L'Assommoir*, Zola fait une description détaillée du menu élaboré par Gervaise. Rien de semblable ici. Passé généralement sous silence car jugé peu intéressant, le menu n'est évoqué que par son plat principal, au demeurant banal : poulet, pièce de veau. La gastronomie n'est pas une valeur, c'est la quantité qui compte. Les habitudes alimentaires du père trahissent sa jeunesse paysanne : de la soupe au petit déjeuner, aspirée bruyamment ; un goûter à dix-sept heures : « des œufs, des radis, des pommes cuites » ; un potage le soir. « La mayonnaise, les sauces compliquées, les gâteaux, le dégoûtaient » (*P*, p. 68-69). La viande, achetée « à la boucherie quatre fois par semaine » (*P*, p. 56), reste un luxe. Quand arrive la vieillesse, la nourriture devient pour le père une véritable obsession : « ... une chose terrible, bénéfique ou maléfique suivant qu'elle passait bien ou lui " revenait en reproche ". Il reniflait le bifteck ou le merlan avant de les jeter dans la poêle... Au café, dans les repas de famille, il racontait ses menus... Aux alentours de la soixantaine, tout le monde autour avait ce sujet de conversation » (*P*, p. 87). Lorsque le père tombe malade, il paraît évident à tout le monde qu'il s'agit d'une indigestion. De même, les ultimes plaisirs de la mère seront les gâteaux que sa fille lui apporte.

Sorti de la misère, le monde populaire décrit par Annie Ernaux cristallise ses désirs sur une alimentation enfin accessible. Quoi de plus logique, si l'on se rappelle que l'enfance de la mère, c'était « un appétit jamais rassasié » ! (*F*, p. 27). Il faudra attendre la génération suivante pour qu'apparaisse une soif de culture.

Ce corps que l'on nourrit avec tant de plaisir, il faut aussi le soigner. *La place* et *Une femme* témoignent des pratiques médicales d'une société rurale plus confiante dans la superstition que dans la science. La grand-mère paternelle, devenue impotente, demande qu'on la conduise « aux saints ». Il ne vient apparemment à l'idée de personne de consulter un médecin. Les vieux vont à l'hospice, lugubre et déshumanisant : « Deux rangées de lits dans une salle immense » (*P*, p. 25). L'alcool est leur seule consolation, qu'il s'agisse du quart d'eau-de-vie glissé en cachette (sans doute les religieuses interdisent-elles ce genre de cadeau) au grand-père, ou bien des rincettes et surincettes que s'octroient les petits vieux de l'hospice, voisin du café-épicerie. Compréhensif, le père de la narratrice les fait cuver leur ivresse dans sa cour « avant de les renvoyer présentables aux bonnes sœurs » (*P*, p. 53). Naufrage angoissant, la vieillesse ne peut être vécue dans la lucidité.

L'enfance n'est pas non plus médicalement protégée. On recourt à des remèdes de bonne femme : « Pour chasser [les vers], on cousait à l'intérieur de la chemise, près du nombril, une petite bourse remplie d'ail » (*P*, p. 28). La génération suivante n'est pas toujours mieux lotie puisque la sœur de la narratrice, que l'on a négligé de vacciner, meurt à sept ans de la diphtérie. Le désespoir qui en résulte rend plus vigilants des parents qui décident de quitter la Vallée où leur fille « toussai[t] sans arrêt et ne [se] développai[t] pas à cause des brouillards » (*F*, p. 46). La mère n'hésitera pas par la suite à la conduire chez « le dentiste, le spécialiste des bronches » (*F*, p. 51). Naturellement, un généraliste, le médecin de famille, le « docteur », fréquente occasionnellement la maison (il est mentionné trois fois dans *La place*). Mais une méfiance persiste : on redoute de l'appeler (*P*, p. 86). L'hôpital fait peur, en partie parce qu'il coûte cher, en partie parce qu'on craint d'y mourir loin des siens. Dans *Une femme*, on peut mesurer le chemin parcouru par la mère vers l'acceptation sereine d'une vie médicalisée : blessée dans un accident de voiture, elle reste longtemps dans une clinique, se soumet aux expertises et espère finalement que le service de gériatrie la guérira.

Annie Ernaux nous fait prendre conscience qu'en deux générations, les comportements sont passés, du point de vue scientifique, du Moyen Âge à l'ère moderne.

LES VALEURS

Il ne faudrait pas croire cependant que les milieux populaires vivent d'une façon animale, préoccupés en priorité du corps. Ils respectent minutieusement un code social qui, quoique spécifique à leur classe, cherche à valoriser leur sentiment de dignité.

La politesse

Les raffinements de la politesse sont réservés à la bourgeoisie. Mais ce n'est pas parce qu'on parle fort — et mal — qu'on ne sait pas se tenir — entre soi, du moins. Être poli, c'est d'abord savoir ne pas se montrer « fier », prétentieux devant sa réussite financière ou scolaire : ce serait une injure d'être traité de riche (*P*, p. 45) ou de « crâneur ». Le même sens de la dignité se manifeste dans le désir de ne pas froisser quelqu'un, ou de ne pas paraître curieux ou envieux. C'est parce qu'il se respecte et respecte les autres que le père « ne regardait pas les légumes d'un jardin, à moins d'y avoir été convié par un signe, sourire ou petit mot. Jamais de visite, même à un malade en clinique, sans être invité » (*P*, p. 61). Les formes superficielles de la politesse bourgeoise peuvent disparaître : on ne voit aucun intérêt à se retenir d'éternuer bruyamment (*P*, p. 29), ni à utiliser un langage correct pour gronder un enfant. Mais on ne pratique pas non plus l'hypocrisie. Si l'on accueille une invitée de sa fille, on l'appelle « mademoiselle » et l'on se met « en quatre » (*P*, p. 93), ce qui diffère du comportement bourgeois qui multiplie les égards apparents sans leur donner de signification réelle (*P*, p. 72). Le père sait cependant à quoi s'en tenir sur la courtoisie des gens « bien », au point de ne pas croire à la sincérité d'une institutrice de sa fille, qui trouvait jolie et pittoresque leur maison. La mère aussi redoute « d'être, sous les dehors d'une exquise politesse, méprisée » par la belle-famille de sa fille (*F*, p. 19).

Le rituel qui entoure la mort du père donne à Annie Ernaux l'occasion de préciser l'opposition des milieux socioculturels. « Larmes, silence et dignité » sont exigés par les conventions bourgeoises. Les clients du café, eux, estiment nécessaire de commenter avec émotion, devant la famille proche du défunt, l'événement. Se taire passerait pour une marque d'indifférence. « C'est aussi par politesse qu'ils voulaient voir le patron »

(*P*, p. 18). De même, alors qu'un solide repas, offert à tous, peut paraître, aux yeux de quelques gens austères, une sorte de fête incompatible avec le chagrin, on voit au contraire que le code populaire raisonne autrement : « Il aurait été indélicat de renvoyer le ventre vide les gens qui vous font l'honneur d'assister aux obsèques » (*P*, p. 19).

Cette analyse de la politesse est particulièrement révélatrice des intentions d'Annie Ernaux : étudier non pas l'épicier d'Yvetot en 1950 ou 1960, mais le comportement général d'une classe humiliée. En contrepartie, apparaît une caricature de la bourgeoisie.

La religion

La religion n'occupe guère de place. Le père d'Annie Ernaux a cessé d'aller à la messe pendant son service militaire. Toutefois la mère a persévéré dans la pratique religieuse jusqu'à ce que son ultime maladie efface en elle tout souvenir de la religion. Or, cette piété, assez peu courante dans les familles ouvrières cauchoises, ne donne pas lieu à des analyses détaillées. On apprend la passion de la mère pour la messe et le catéchisme (*F*, p. 29), on sait qu'elle aimait chanter à l'église (*F*, p. 49). On nous dit qu'elle envoie sa fille à l'école des sœurs et aimerait que son mari redevienne pratiquant, lui qui fut enfant de chœur. Mais la façon dont elle vit sa foi, l'évolution de l'Église catholique ou les contraintes morales qu'entraîne une religion vécue en profondeur sont totalement passées sous silence, comme si la narratrice ne voyait rien à en dire, n'avait jamais abordé ce sujet épineux avec sa mère. Le point de vue personnel de l'auteur — qui a élevé ses enfants dans l'ignorance totale de la religion, puisque la messe d'enterrement de leur grand-mère est la première à laquelle ils aient assisté (à dix-sept et vingt-deux ans) — l'emporte donc sur le désir d'objectivité. On sait comment la mère a réagi aux événements de mai 1968, mais pas à Vatican II (1962). Le pèlerinage à Lisieux, tel qu'il est présenté, n'est plus qu'une sortie annuelle, aux rites immuables : « Le matin, visite du Carmel, du diorama de la basilique, restaurant. L'après-midi, les Buissonnets et Trouville-Deauville » (*P*, p. 77). Montraient-ils quelque ferveur ? Nous n'en saurons rien car la narratrice choisit de les présenter sur la plage : « Il se trempait les pieds, jambes de pantalon relevées, avec ma mère qui remontait un peu ses jupes (*P*, p. 77) ».

Bernard Alexandre, prêtre né au Havre en 1918, a exercé son ministère au cœur du pays de Caux, à Vattetot-sous-Beaumont. Normand, mais non cauchois, il est traité en *horsain* (étranger). Il raconte avec finesse et humour dans *Le horsain*, ses démêlés avec ses paroissiens. Les pages 188 à 198 narrent l'épopée cauchoise qu'était un pèlerinage à Lisieux. En voici un extrait :

— Eh bien, notre pèlerinage arrive à sa fin, dis-je, quand la cérémonie est achevée. Nous allons bientôt rentrer.

Mais je m'aperçois que cette idée déplaît à tout le monde :

— Est-ti à c't'heure qu'on va rentrer ? *A chinq* heures ? Pour eun' *fouai* qu'on sort, on peut bin fai eun tour ! suggère l'un.

— Eun' petite *virai*... précise l'autre.

Approuvé. Le chauffeur ayant accepté un supplément, une heure plus tard, nous sommes sur la plage de Deauville, à marée basse.

— Mais, est la sekress !

Tout le monde rit.

— Y a quand même de l'iau... Si on s'trempait eun p'tieu les pieds ?

Je ne reconnais plus mes pèlerins, ils sont tous retombés en enfance : des gamins en quête de farces.

Avec leurs visages rouges — parfois congestionnés — les voilà qui s'élancent sur la plage : c'est à qui relève le plus haut son pantalon ou sa jupe pour courir au-devant de la mer... Un peu pantois, je reste seul avec ma mère sur les planches, à surveiller les rangées de chaussures et de chaussettes[1].

1. Bernard Alexandre, *Le horsain*, Plon, Terre humaine, 1988, p. 196.

La moralité

Ainsi, la moralité de ses parents paraît plutôt le fruit d'une éducation laïque s'appuyant sur les principes conservateurs du *Tour de la France par deux enfants* : travail, famille, patrie — quoique ce dernier point soit estompé lui aussi. L'étroitesse de l'univers ouvrier est frappante. Les problèmes moraux se réduisent finalement à des questions de dignité car tout n'est qu'apparence : les filles doivent éviter de faire jaser et démontrer qu'elles ne sont pas enceintes en mettant sur le fil à linge, au jour prévu, leurs serviettes hygiéniques à sécher. La femme se devra d'être une ménagère passable, « propre sur elle » et dans son intérieur, dans les limites toutefois du réalisable. La mère « n'avait jamais le temps, de faire la cuisine, tenir la maison " comme il faudrait ", bouton recousu sur moi juste avant le départ pour l'école... » (*F*, p. 54). L'important est que soit reconnue la capacité de travail. De même, le père mettra toute sa fierté à entretenir son jardin, à aménager sans cesse les dépendances. Valeur essentielle, le travail compense les éventuelles défaillances : « Parfois des ivrognes notoires se rachetaient par un beau jardin cultivé entre deux cuites » (*P*, p. 67).

Négative dans son fonctionnement, la vertu consiste à éviter de ressembler au mauvais ouvrier : paresseux, qui gaspille, veut singer les riches, « péter plus haut qu'[il] l'a » (*P*, p. 59). L'épouvantail du mauvais pauvre des dames patronnesses n'est pas encore passé de mode.

Quelle raison de vivre peut alors servir de moteur à ces existences ? Ni spirituelle, ni franchement matérialiste — la course aux biens de consommation n'intéresse pas ces petits épiciers modestes —, l'ambition des parents est sociale : conquérir une place honorable, tenir son rang, éviter les mépris et — justification profonde de l'auteur — hisser leur fille à un niveau plus élevé. L'argent est économisé au début de leur vie commune pour acheter le fonds de commerce et rembourser l'emprunt, puis pour équiper l'enfant, ensuite par principe. Ils ne savent pas dépenser, ne voient pas l'intérêt du luxe. Toute l'épargne est donnée au jeune ménage car il incarne la réussite qu'ils n'auront jamais. L'ambition personnelle du père s'est progressivement effilochée, réduite à une vague rêverie qu'il ne faudrait surtout pas réaliser. Battu d'avance, le père ne tient pas à affronter les soucis d'une entreprise moderne. Il faut savoir prendre du bon temps. Sagesse ou médiocrité ? À chacun de trancher.

La culture

Si l'on prend le mot « culture » au sens noble, on ne peut que constater son absence totale dans les milieux populaires. Ce n'est évidemment pas une révélation. Comment attendre de gens qui ont peu fréquenté l'école et ont vécu leur enfance dans des familles défavorisées qu'ils se passionnent pour la peinture moderne ou la philosophie ? On ne rattrape pas un tel retard. Mais, aux yeux d'Annie Ernaux, ses parents présentent deux réactions fort différentes à une telle lacune. Le père se laisse aller à la sous-culture populaire, prenant son plaisir dans les grivoiseries, la scatologie, les chansonniers, le cirque, les films bêtes, les monstruosités de chez Barnum (*P*, p. 65). Il refuse d'évoluer, rétorquant à sa fille : « Les livres, la musique, c'est bon pour toi. Moi, je n'en ai pas besoin pour vivre » (*P*, p. 83). Et la communication se bloque. Pendant quelque temps, il a essayé de rivaliser avec sa fille : « Il aimait que je lui pose des colles. Un jour, il a exigé que je lui fasse une dictée, pour me prouver qu'il avait une bonne orthographe » (*P*, p. 73).

Mais, irrémédiablement battu, il s'est réfugié derrière le masque de l'indifférence.

La mère, par contre, adopte une attitude que sa fille juge constructive. Lectrice du *Hérisson*, de *Confidences* et des romans de Delly[1], elle fait l'effort, par amour pour sa fille, respect du savoir, et un brin de snobisme, de se plonger dans Bernanos, Mauriac et Colette (*F*, p. 41). « S'élever, pour elle, c'était d'abord apprendre » (*F*, p. 57). Elle finit par lire *Le Monde* et *Le Nouvel Observateur*. Mais y prend-elle plaisir ? N'agit-elle pas comme pour le thé de cinq heures : « Je n'aime pas ça mais je ne dis rien ! » (*F*, p. 79) ? *La place* montre la tristesse d'une vie vécue en marge de la culture. *Une femme* pose indirectement un autre problème : comment sortir le peuple de son inculture sans le faire tomber dans l'admiration de commande, la culture de façade, l'encyclopédisme stérile ? On peut douter de l'évolution culturelle profonde d'une femme qui, en vieillissant, retourne à *France-Dimanche* et aux romans-photos (*F*, p. 86).

Ce serait donc un constat plutôt pessimiste qu'Annie Ernaux dresserait, si précisément elle n'offrait, en la personne de la narratrice, l'exemple type d'une évolution culturelle idéale. Des dons personnels et une scolarité assidue ont permis ce miracle.

1. Voir Dossier, p. 158.

Le langage

Fruit de l'immersion culturelle, le langage présente davantage de résistance. Pour l'améliorer, il ne suffit pas d'apprendre de nouveaux mots, des tournures plus complexes, il faut réussir à retenir les tournures patoisantes qui viennent spontanément aux lèvres. Si Annie Ernaux analyse le complexe d'infériorité de son père qui ne s'est que partiellement débarrassé des tournures locales, elle refuse par contre de nous faire entendre ces expressions qu'elle juge fautives. En quelque sorte, ce qui ferait pittoresque est censuré. Le sourire apitoyé est bien la dernière réaction qu'Annie Ernaux attend de son lecteur. Les échantillons que nous trouvons : « elle pète par la sente », « se parterrer », « quart moins d'onze heures » (*P*, p. 61-64), sonnent plus comme un parler social que comme un patois précis. Déjà Balzac, dans *La vieille fille*, dont l'action se déroule à Alençon, faisait dire à une servante : « neuf heures quart moins »[1]. De même l'erreur de prononciation dans la façon de dire « a » pour « elle » concerne la paysannerie du grand Ouest. L'absence de dialogue véritable explique ce qui serait une lacune dans une étude ethnologique du pays de Caux. Les mots restitués par la mémoire et généralement transcrits en italique sont d'ordre professionnel : *faire du tort*, *haut placé*, *les gros*. Assez abondants dans *La place*, ils disparaissent presque complètement dans *Une femme* qui, pourtant, multiplie les citations de la mère. Mais des guillemets suffisent, les paroles prononcées n'exigent plus la distance de l'italique car la mère emploie les expressions de sa fille.

S'il y a étude sociologique des problèmes linguistiques dans *La place* et *Une femme*,

1. Balzac, *La vieille fille*, Folio, p. 139.

c'est uniquement dans l'analyse des conséquences humiliantes qu'entraîne une expression incorrecte : se taire devant les gens qui parlent bien, car on redoute le mot de travers qui vous déconsidérerait (*P*, p. 63), se torturer toute une soirée pour tenter de comprendre une recommandation de la directrice de l'école : « votre petite fille sera en " costume de ville " » *(ibid.* p. 60*)*.

Étonné d'avoir des paroissiens aussi taciturnes, l'auteur du *Horsain* constate : « En fait, la phrase cauchoise est un long silence ponctué seulement de quelques mots... quand ce n'est pas d'un seul. Et ce seul mot semble encore trop long à celui qui le prononce. Alors, il l'étête ou l'équeute. C'est selon — et il " maquillonne " souvent le peu qu'il en reste... Si bien que parfois, il est quasi impossible de savoir si, vraiment, le mot a bien été dit[1] » (cf. *P*, p. 63). On notera également les remarques de B. Alexandre sur le patois[2].

1. Bernard Alexandre, *op. cit.*, p. 106.

2. *Ibid.*, p. 141 et 397.

L'infériorité ne vient pas d'un manque d'argent mais d'un problème culturel. Seule l'école peut faire évoluer la situation, mais sauf si l'enfant est très doué, elle opère avec lenteur, sur plusieurs générations. Et encore, rien n'est sûr, car *La place* s'achève sur une scène décourageante : une ancienne élève de la narratrice, broyée par le système scolaire, tape mécaniquement à la caisse d'un supermarché.

Le bonheur

Que signifie être heureux, dans les années cinquante ? Dans *La place* et *Une femme*, on voit un couple se battre socialement, économiquement, et travailler sans cesse pour obtenir un niveau de vie couvrant à peine les besoins élémentaires. Jamais de plainte cependant, de la fierté au contraire car ils estiment « avoir tout ce qu'il faut » (*P*, p. 56). Même quand le père n'était qu'un ouvrier agricole misérable, il était « heureux quand même » (*P*, p. 32). Le bonheur est fonction de la sagesse : « Sois heureuse avec ce que tu as » (*P*, p. 58), telle est la règle de vie que la mère donne à sa fille. « On ne peut pas être plus heureux qu'on est » (*P*, p. 77), sinon on quitterait son milieu social, on serait déplacé, humilié. Cette morale de la résignation a trouvé une consolation — « il y avait plus malheureux que nous » (*P*, p. 44) — dans la capacité à relativiser la souffrance.

La place et *Une femme* démontrent aussi que le bonheur n'est pas dans l'accumulation des biens : les parents, en vieillissant, étaient plus riches et pourtant moins heureux. Quant à la narratrice, sa tristesse est aussi manifeste que son aisance financière. La période la plus faste, pour les parents, fut paradoxalement la guerre. Partant de leur expérience, on comprend que le bonheur réside dans la certitude d'être utile aux autres : aider au ravitaillement, offrir un lieu de fête, permettre à sa fille de réussir. Acheter une 4 CV, moderniser le café ne valent qu'en tant que signes d'une réussite basée sur l'effort et les compétences. Ainsi, l'ultime étape du bonheur est dans le regard plein de respect que les autres vous accordent. Votre valeur est reconnue. On ne rêve pas encore de loterie, ni d'une fortune tombée du ciel. On veut mériter ce qu'on a. Dans ces conditions, le malheur apparaît avec les soupçons d'indignité : moqueries des autres, honte de soi-même. « Manger le fonds », se ruiner serait un malheur car on en serait responsable. Le drame des parents d'Annie Ernaux a commencé lorsqu'ils ont senti peser sur eux le regard dédaigneux de leur fille. Tragédie familiale que commentait douloureusement déjà Denise Lesur : « " On aurait été davantage heureux si elle avait pas continué ses études ! " qu'il a dit un jour. Moi aussi peut-être » (*AV*, p. 181). On « peut mourir d'ambition » (*F*, p. 25), disait-on dans le pays de Caux.

Lire *La place* et *Une femme* à travers un objectif ethnologique se justifie d'une certaine façon. L'accumulation de petits faits vrais finit par dessiner un tableau sociologique où l'on reconnaît sans peine les classes modestes des années cinquante. Annie Ernaux ne prétend nullement à l'exhaustivité ni à la rigueur scientifique. Sans autre référence que sa mémoire et son sens aigu de l'observation, elle ne fournit sur le cadre historique que de brèves allusions (les Croix-de-feu, Poujade, le problème algérien). Une focalisation aussi réduite trouve sa justification dans le désintérêt des personnages présentés pour le jeu politique, dont ils se sentent exclus. Qu'on puisse faire une lecture sociologique de ces deux œuvres, retrouver avec émotion tel détail confirmé par une photo familiale, tel comportement qu'on croyait spécifique à un aïeul disparu est la preuve patente de l'objectivité et du réalisme de l'auteur.

IV LA QUESTION DU GENRE

Annie Ernaux achève le livre consacré à sa mère par un bilan en ces termes : « Ceci n'est pas une biographie, ni un roman naturellement, peut-être quelque chose entre la littérature, la sociologie et l'histoire » (*F*, p. 106). Le lecteur éprouve quelque surprise à voir récusé le terme de biographie, car, manifestement, dans *La place* comme dans *Une femme*, sont utilisés des procédés de biographe. Mais, jugeant ce terme trop étroit et réducteur, Annie Ernaux convoque l'histoire et la sociologie pour manifester la volonté objective, voire scientifique, qui l'a habitée. On peut s'étonner également de ne pas trouver mention d'un projet autobiographique pour un ouvrage qui n'offre pas de la mère un portrait suscité par la seule admiration ou la pure piété filiale mais qui se présente comme un texte cherchant à expliciter la relation entre la mère et le « je » de l'écrivain, toujours présent, manifestement ou en filigrane. Dire ce que fut sa mère pour soi, c'est parler au moins autant de soi que de sa mère.

À quoi correspond donc ce « quelque chose », situé aux confins du littéraire et du scientifique ? N'y aurait-il pas un désir secret d'autobiographie puisque à travers les procédés canoniques de la biographie, par-delà les descriptions des parents, transparaît une vérité intime de la narratrice ? Mais en même temps, la tentation est exorcisée par la volonté de gommer tout égocentrisme en faisant d'une histoire personnelle un destin exemplaire d'une réalité sociologique.

Le style, enfin, apporte un dernier élément d'ambiguïté sur cette question du genre : loin des conventions littéraires, il pourrait paraître dénué d'ambition puisqu'il se veut « plat ». En fait, totalement adapté au sujet, il reconstitue à lui seul le lien parents-enfant, véritable objet d'étude des récits, et se révèle ainsi l'outil le plus approprié. Régler la question du genre pour *La place* et *Une femme*, c'est donc procéder par élimination des références ordinaires.

I. DES AUTOBIOGRAPHIES OBLIQUES ?

Tentée d'abord par le roman autobiographique, Annie Ernaux en perçoit rapidement l'intérêt et les limites : « Il faudrait changer de nom, ce serait plus convenable... et je pourrais tout dire à l'abri, j'ai cherché un beau prénom, Arielle, Ariane, Ania, que la première lettre au moins me ressemble, mais avec un beau nom pareil, c'était plus moi » (*CQDR*, p. 106). *La femme gelée* constitue bien, dans sa construction et sa thématique, une autobiographie déguisée, axée sur l'histoire d'une personnalité féminine, qui découvre à ses propres dépens la vérité du *Deuxième sexe* de Simone de Beauvoir. Certes, aucun pacte de lecture n'établit l'identité de l'auteur et du personnage-narrateur. On remarque simplement de fortes coïncidences entre le contenu du livre, la très succincte présentation de l'auteur et les situations et analyses des deux romans précédents. Qu'y a-t-il de changé dans *La place* et *Une femme* ?

« CECI N'EST PAS UNE BIOGRAPHIE »

Quand on prend la précaution de le dire (*F*, p. 106), c'est que nécessairement, un certain nombre d'éléments y font penser. Chacun des deux livres est centré en effet sur un personnage : le père, la mère, ce que le titre *Une femme* marque fortement. Il annonce un portrait, l'étude d'une personnalité qui est indubitablement, non pas la narratrice, mais l'objet de ses recherches : sa mère. De même, *La place*, dont le titre est plus ambigu[1], renvoie au premier chef à la situation individuelle et sociale illustrée par le père avant de suggérer, entre autres, le lieu douloureux qu'occupe le père dans le cœur de sa fille. D'ailleurs, Annie Ernaux procède en biographe en établissant une chronologie (« L'histoire commence quelques mois avant le XXe siècle... »). Par conséquent, les pages 24 à 48 de *La place*, qui présentent le père avant la naissance de la narratrice, excluent celle-ci en tant que personnage, en font la simple préposée au récit d'une existence externe.

Certes, il y a de fortes chances pour que les matériaux proviennent de souvenirs per-

1. Voir Dossier, p. 181.

sonnels, au premier degré (« Je n'ai vu qu'une seule fois mon grand-père », *P*, p. 25) ou au second : ce que le père lui-même a raconté de son passé. Néanmoins, le point de vue adopté est celui d'un narrateur objectif qui constate, en s'interdisant tout commentaire : « Un jour, mon père, en haut du mât de cocagne, a glissé sans avoir décroché le panier de victuailles. La colère de mon grand-père dura des heures » (*P*, p. 28). Vidés volontairement de leur émotion, les souvenirs deviennent des informations que complète l'analyse répétée de photographies (*P*, p. 47 et 55). Quelle différence d'ailleurs entre ces dernières : épreuves tirées sur papier, et les premiers : flashes conservés par la mémoire ?

Pour garantir la conformité au modèle, le livre serre au plus près « les paroles, les gestes, les goûts [du] père, les faits marquants de sa vie, tous les signes objectifs [de son] existence » (*P*, p. 24). Ainsi connaît-on ses loisirs favoris (*P*, p. 65), sa conception de l'hygiène (*P*, p. 69), comment il se comporte à table (*P*, p. 68) ou avec sa famille (*P*, p. 71).

La même méthode, désormais rodée, est appliquée dans *Une femme* avec une précision accrue. À plusieurs reprises, on a même l'impression de lire un carnet de notes qui accumule les détails dans l'espoir de mieux cerner « la femme réelle » (*F*, p. 23). Ainsi, une série d'alinéas (*F*, p. 27-28) additionne des phrases nominales sous ce titre : « L'enfance de ma mère, c'est à peu près ceci. » De même, de la page 48 à la page 50, Annie Ernaux énumère sèchement : « Images d'elle entre 40 et 46 ans. »

Cette ascèse constitue une des originalités des deux œuvres d'Annie Ernaux et démarque nettement *La place* et *Une femme* des récits autobiographiques classiques. Un biographe se fait un devoir d'éviter l'hagiographie ou la diatribe furibonde ; bien au contraire, un écrivain se livrant à une autobiographie recherche en priorité les émotions et sentiments véhiculés par les souvenirs. Stendhal par exemple, dans *Vie de Henry Brulard*, malmène la figure paternelle et accorde moins d'importance aux actions proprement dites du père qu'aux réactions qu'elles ont suscitées chez l'auteur enfant. Or, dans *La place* et *Une femme*, aucun vibrato indigné ou sentimental n'accompagne le rappel du passé. Non qu'Annie Ernaux soit dépourvue de souvenirs émouvants, mais elle refuse d'en faire son objectif : « Si... je laisse glisser les images du souvenir, je le revois tel qu'il était, son rire, sa démarche, il me conduit par la main à la foire et les manèges me terrifient, tous les signes d'une condition partagée avec d'autres me deviennent indifférents. À chaque fois, je m'arrache du piège de l'individuel » (*P*, p. 45). La biographie, telle que la pratique Annie Ernaux, neutralise donc au maximum les caractéristiques personnelles et vise à atteindre un archétype sociologique. La méthode d'analyse la plus appropriée se trouve finalement assez proche des procédés naturalistes : étude de l'hérédité, du milieu historique et social. Le père et la mère deviennent ainsi des produits d'un univers aliénant : le monde ouvrier du pays de Caux au cours de la première moitié du XXe siècle.

La touche marxisante sert alors d'excuse à la modeste *place* du père. Pour la mère, également, dont la pugnacité peut paraître excessive, elle fournit une explication : « La jeunesse de ma mère, cela en partie : un effort pour échapper au destin le plus probable, la pauvreté sûrement, l'alcool peut-être. À tout ce qui arrive à une ouvrière quand elle " se laisse aller " (fumer, par exemple, traîner le soir dans la rue, sortir avec des taches sur soi) et que plus aucun " jeune homme sérieux " ne veut d'elle » (*F*, p. 34). Cette exemplarité des personnages justifie qu'on en fasse la biographie. Ni célèbres ni puissants, ils furent représentatifs.

Si Annie Ernaux ne se sent pas biographe, sans doute est-ce justement parce que les deux œuvres sont enrichies d'un éclairage sociologique. Mais ses réticences tiennent aussi aux liens étroits existant entre la narratrice et ses modèles. La neutralité bienveillante lui est quasiment inaccessible : il s'agit de son père, de sa mère, auprès desquels elle a vécu près de vingt ans et avec lesquels elle a entretenu des relations trop ambivalentes. Les documents dont elle dispose ne sont, après tout, que les fruits d'une sélection opérée par une mémoire nécessairement partiale. Totalement détachée de son milieu d'origine, elle ne peut sympathiser avec la vie de son père dont elle regrette l'humiliation et les échecs. Dans *Une femme*, elle affronte avec lucidité le problème, avouant : « je ne retrouve... que la femme de mon imaginaire » (*F*, p. 22) et honnêtement, elle précise : « J'essaie de décrire et d'expliquer comme s'il s'agissait d'une autre mère et d'une fille qui ne serait pas moi. Ainsi, j'écris de la manière la plus neutre possible mais certaines expressions (" s'il t'arrive un malheur ! ") ne parviennent pas à l'être pour moi, comme le seraient d'autres, abstraites (" refus du corps et de la sexualité " par exemple) » (*F*, p. 62).

Cette lucidité contraint Annie Ernaux à limiter ses recherches biographiques aux attitudes apparentes des personnages : les actes, les paroles. Excluant la reconstitution psychologique, elle se cantonne dans une tenace pratique béhavioriste qui lui fait passer sous silence ce que pensaient et ressentaient ses parents. Est-ce parce que ce serait trop douloureux ? Fugitivement, une hypothèse vient briser ce mur, ainsi à propos de la compétition scolaire : « Et toujours la peur ou PEUT-ÊTRE LE DÉSIR que je n'y arrive pas » (*P*, p. 80). Ou bien : « Il aurait peut-être préféré avoir une autre fille » (*P*, p. 82). Mais, comme un paravent contre ces pensées culpabilisantes, Annie Ernaux choisit de présenter les comportements officiels motivés par les convenances et les préjugés, comme s'il n'y avait rien d'autre au-delà. Paul Nizan, dans *Antoine Bloyé*, avait adopté un point de vue radicalement différent et cherché à comprendre ce que son père avait pu juger, en profondeur, dans la solitude des monologues intérieurs[1].

1. Voir Dossier, p. 211.

On constate donc que, dans *La place* et *Une femme*, le père et la mère, qui sont les sujets manifestes des deux livres, n'en constituent pas la trame profonde. Il s'agit *aussi* pour l'auteur de mettre au jour le lien qui l'unit encore à ses parents. Les monologues intérieurs sont l'apanage du présent de la narratrice, ses efforts pour dire et faire admettre « l'amour séparé » forment le moteur de l'œuvre.

Présenter son père ou sa mère comme la somme de leurs actes, de leurs paroles ou plutôt comme la somme des images que sa mémoire a gardées d'eux, répond chez Annie Ernaux à un double objectif, pas nécessairement conscient. En un sens, elle les reconnaît — enfin — tels qu'ils ont été, non tels qu'elle les aurait voulus. Et pour racheter la honte qu'elle a parfois ressentie devant eux, elle les décrit longuement dans un livre qu'elle signe. Elle proclame : je suis la fille de ces gens-là. Mais est-ce vraiment une réhabilitation ? Tous ces éléments d'une biographie ne prouvent-ils pas, au contraire, que son père et sa mère sont devenus des êtres étrangers sur lesquels elle peut appliquer une méthode quasi ethnologique ? Comme le scientifique devant une peuplade reculée, elle peut observer des gestes sans avoir à les condamner. Elle a déclaré à J. Savigneau : « Il ne faut pas que le lecteur juge mon père[1] », mais implicitement elle attire sur sa famille la réprobation quand elle révèle : « Il dormait toujours avec sa chemise et son tricot de corps » (*P*, p. 69) ou : « À un repas de communion, elle a été saoule et elle

1. *Le Monde des livres*, 3 février 1984.

a vomi à côté de moi » (*F,* p. 50). L'objectivité du biographe ne serait-elle qu'une apparence, voire un prétexte ? Choisir de dire qu'elle a aperçu son père « un livre obscène » à la main (*P,* p. 78) n'est pas anodin. Ne rien cacher prouve certes son honnêteté mais, inconsciemment sans doute, Annie Ernaux justifie la séparation qui s'est opérée : pouvait-elle conserver de telles coutumes, rester auprès d'eux dans un tel contexte ? Puisqu'ils étaient ainsi, il était fatal qu'elle s'écarte d'eux : le simple bon sens l'exigeait. Elle en apporte d'ailleurs la preuve dans *Une femme* en signalant que sa mère, devenue veuve, s'est elle aussi « acclimatée » aux valeurs civilisatrices, chez ses enfants : « Il ne lui échappait plus aucun gros mot, elle s'efforçait de manipuler " doucement " les choses, bref, se " surveillant ", rognant d'elle-même sa violence. Fière même de conquérir sur le tard ce savoir inculqué dès sa jeunesse aux femmes bourgeoises de sa génération, la tenue parfaite d'un intérieur » (*F,* p. 79). Si donc la mère elle-même a été fière de « progresser », comment la fille ne le serait-elle pas en faisant constater l'énorme fossé qu'elle a su franchir ?

Malgré les apparences, effectivement, « ceci n'est pas une biographie » (*F,* p. 106) : si l'on peut dire que c'est une biographie ambiguë, ce n'est de toute façon pas seulement une biographie. « Ni un roman, naturellement », poursuit Annie Ernaux : affirmation incontestable. La narratrice de *La place* signale (*P,* p. 23) sa « sensation de dégoût au milieu du récit » entrepris sous forme romanesque dans les années 1976-1977 et arrêté à la cent troisième page[1]. Jamais on ne voit poindre le désir d'enjoliver le passé pour intéresser le lecteur à une intrigue quelconque, créer un suspense. Si le roman est « impossible » (*P*, p. 24) c'est parce qu'il inventerait un autre destin à un homme dont le drame est précisément de n'avoir pas pu échapper à son destin, d'avoir été « soumis à la nécessité ».

1. Voir dossier, p. 176.

UNE AUTOBIOGRAPHIE DÉCALÉE

Et si le « quelque chose entre la littérature, la sociologie et l'histoire » (*F*, p. 106) désignait tout simplement un espace suscité par l'impérieux besoin d'auto-analyse que ressent l'auteur ?

Certes, la règle du jeu de l'autobiographie, surtout dans la formulation pure et dure que lui a donnée Philippe Lejeune dans ses premiers travaux[2], semble largement transgressée. D'abord, les titres ne renvoient pas à la narratrice[3]. Ensuite, on peut relever un certain nombre d'entorses aux lois du genre autobiographique. Le pacte de lecture, quoique assez explicite, puisque personne ne s'y est trompé, n'a pas la clarté habituelle. On apprend seulement au fil du texte que la narratrice et l'écrivain ne font qu'un : « Je rassemblerai les paroles, les gestes » (*P*, p. 24), « Je vais continuer d'écrire sur ma mère » (*F*, p. 22). La jeune Annie n'y est jamais appelée par son prénom, pas plus d'ailleurs que les autres protagonistes de la

2. Voir chapitre 1, p. 20.

3. Voir Dossier, p. 181.

famille. Et on ne peut pas dire que la narratrice soit vraiment le personnage principal du récit. L'impression de flou se trouve renforcée dans *La place* par une démarche assez peu cohérente pour la dénomination des lieux. Lyon et même le quartier de la Croix-Rousse sont indiqués ouvertement, tout comme Rouen (*P*, p. 82) ou la Vallée (*P*, p. 42), alors qu'Yvetot et Lillebonne se voilent (assez peu) derrière leur initiale (Y... L...). Ces demi-aveux serviraient-ils à protéger ceux qui, vivant encore dans le pays de Caux et mentionnés par le livre, pourraient être reconnus ? C'est d'autant moins vraisemblable que précisément ce sont les Normands qui ont le moins de mal à décoder Y... et L... Annie Ernaux voudrait-elle atténuer l'aspect individuel de sa situation et renforcer l'étude sociologique en gommant quelques lieux ? C'est plus probable. Sur ce point, l'évolution de *La place* à *Une femme* est éclairante : la seconde œuvre ne fait plus mystère des noms de lieux. Annecy est Annecy, non plus « la ville touristique des Alpes » (*P*, p. 96). Sans doute n'est-ce plus nécessaire. Ultime et persistant refuge de la pudeur, les noms des personnes sont tus : « Les D... » (*F*, p. 32), nom de jeune fille de la mère, écho à la plaque tombale du père, « A... D... », lui aussi. Cette pratique persistante (« Ma tante M... », *F*, p. 35), qui rappelle celle des romanciers cherchant à authentifier leur récit[1], contraste avec l'aveu des dates et démontre que, malgré sa façon courageuse d'assumer les faits, il reste un ultime refuge à la femme qui signe ses livres

1. Par exemple, le personnage narrateur du *Moulin de Pologne* de Giono ne donne que l'initiale du nom des autres héros de l'histoire, car il est censé témoigner d'une tragédie réelle et ne voudrait pas divulguer leur nom véritable.

du nom que lui a donné son ex-mari. Si l'adulte se dévoile, du moins l'enfant reste encore masquée. Marguerite Yourcenar n'agit pas autrement dans *Souvenirs pieux*.

Cependant, la dimension autobiographique, non seulement anime le texte, mais le modèle : les deux livres s'organisent autour d'un choc : la mort du père ou de la mère. Chaque œuvre consacre ses premières pages à décrire minutieusement les gestes rituels qui suivent immédiatement le décès et, deux ou trois pages avant la fin, narre l'agonie. Ce plan en flash-back est celui d'une reconstitution, presque judiciaire : comment en est-on arrivé là ? En clôture, et une dizaine de fois au cœur même de l'œuvre, l'écrivain analyse son travail, ses objectifs, ses sentiments. *La place* ajoute à cette structure un second encadrement : à l'ouverture sur l'accession de la narratrice au monde bourgeois par son admission au CAPES pratique, cérémonie qu'elle analyse « avec colère et une espèce de honte » (*P*, p. 12), fait écho la conclusion désabusée sur la vie routinière d'une enseignante qui, pas plus que d'autres, n'a pu réussir à « sauver » le monde ouvrier. La remise en question de ce qu'il est convenu d'appeler une réussite sociale amorce alors le thème de la culpabilité.

Écrire *La place*, biographie du père suscitée par la mauvaise conscience de l'auteur, c'était aussi un moyen d'éviter une confession banale respectant l'ordre chronologique conventionnel. L'œuvre n'est pas le fruit du vieillissement d'un écrivain à court d'inspiration, mais se justifie par la traumatisante coïncidence du succès au CAPES, qui marque la rupture avec la classe sociale du père, et de la mort de ce dernier qui rend irréversible l'incompréhension[1]. Il est évident que le problème s'est posé différemment pour *Une femme* car la mère, pendant son veuvage, s'est intégrée au monde bourgeois, et d'ailleurs, dès l'enfance de la narratrice, faisait des efforts dans ce sens.

1. Voir Dossier, p. 175.

Annie Ernaux nous livre donc une autobiographie partielle et masquée, limitée aux relations avec le père et la mère. Encore refuse-t-elle de céder aux souvenirs strictement personnels, auxquels se complaisent les évocations traditionnelles. Elle cherche au contraire à s'« arrache[r] du piège de l'individuel » (*P*, p. 45), de telle sorte qu'en écrivant elle finit par avoir « l'impression de perdre au fur et à mesure la figure particulière de [son] père » *(ibid.)*. C'est la démarche inverse d'une autobiographie qui se nourrit des détails intimes, cherche la spécificité du vécu et évoquerait avec délice cette scène qu'Annie Ernaux élimine : « il me conduit par la main à la foire et les manèges me terrifient » *(ibid.)*. Traitant son sujet avec rigueur, l'auteur écarte délibérément du récit ses aventures sentimentales, ses découvertes intellectuelles, sa révolte féministe. *Une femme* nous apprend seulement que le jeune homme présenté au père dans *La place* n'est plus qu'un ex-mari, que la narratrice a quitté Annecy pour une ville de la banlieue parisienne, qu'elle a deux fils sur lesquels elle ne donne aucune précision. Difficile de faire plus allusif, moins événementiel. Les curieux resteront sur leur faim.

Le rythme des deux œuvres diffère également du mouvement propre aux biographies comme aux autobiographies convenues. Les brefs alinéas qui ne cherchent pas à s'enchaîner, les « trous » dans l'écoulement du temps, toute cette fragmentation dans la narration est une solution originale apportée au problème de la vérité dans le récit de vie. Il n'est plus question d'avoir à remplir par du fictif les creux de l'oubli ou à faire des raccords factices qui relieraient en un récit continu les souvenirs épars. Annie Ernaux a choisi de refuser toute reconstitution aléatoire et même l'abandon nostalgique ou agressif à la mémoire. Il n'y a pas ici d'évocation d'un passé qui revivrait. On feuillette et commente un album. Sobrement. « Aucune poésie du souvenir, pas de dérision jubilante » (*P*, p. 24), « aucun bonheur d'écrire » (*P*, p. 46). Il faut comprendre et expliquer. On se rapproche en ce sens de l'essai, œuvre d'élucidation.

On a donc bien affaire, en dernière analyse, à une introduction subtile des motifs autobiographiques dans la trame biographique : si la narratrice analyse ses parents, son milieu, c'est pour savoir ce qu'elle leur doit : « J'ai fini de mettre au jour l'héritage que j'ai dû déposer au seuil du monde bourgeois et cultivé quand j'y suis entré » (*P*, p. 111), ce sur quoi et contre quoi elle a bâti sa personnalité. Dire la déchirure, c'est en quelque sorte la soigner. En traduisant ses parents en *mots*, ce qui est l'apanage de l'écrivain qu'elle est devenue, Annie Ernaux les rapproche d'elle, se les assimile en quelque sorte. Elle retrouve son unité.

En lisant *La place*, on est frappé par la douloureuse culpabilité de la narratrice devant la séparation sans cesse accrue entre son père et elle. On n'y devine jamais les traces d'un complexe d'Électre. L'image du père ne fascine pas la fille : il n'a été le protecteur révéré que de sa petite enfance. Très vite, il paraît dominé par l'écrasante personnalité de la mère et se voit condamné au rôle effacé et sacrifié de personne mise en tiers dans le couple complice mère-fille.

Une femme, par contre, s'efforce de régler un traumatisme plus lourd : une identification physique profonde et troublante de la fille à la mère. Annie Ernaux avoue : « Rien de son corps ne m'a échappé. Je croyais qu'en grandissant je serais elle » (*F*, p. 46). Cette possession fantasmatique est si forte que la fille se conçoit comme le monstre qui dévore — « Jusqu'à vingt ans, j'ai pensé que c'était moi qui la faisais vieillir » (*F*, p. 68) — ou, inversement, comme un être absorbé, annihilé. C'est un rêve — on s'en douterait — qui révèle cette angoisse : « Je rêvais d'elle presque toutes les nuits. Une fois, j'étais couchée au milieu d'une rivière, entre deux eaux. De mon ventre, de mon sexe à nouveau lisse comme celui d'une petite fille partaient des plantes en filaments, qui flottaient, molles. Ce n'était pas seulement mon sexe, c'était aussi celui de ma mère » (*F*, p. 104).

L'impossibilité physique d'être autonome et libre, de couper ce cordon ombilical s'accompagne, en corollaire, de la certitude angoissée de suivre le même destin : « J'ai pensé aussi qu'un jour, dans les années 2000, je serais l'une de ces femmes qui attendent le dîner en pliant et dépliant leur serviette, ici ou autre part » (*F*, p. 104). La démence sénile de la mère bouleverse la narratrice qui redoute de perdre sa propre raison et la perd effectivement un peu, se mettant à « rouler au hasard sur des routes de campagne pendant des heures », entamant une liaison sans amour (*F*, p. 93). Fascination et dégoût se mêlent dans les souvenirs d'une promiscuité physique : « Le dimanche après-midi, elle se couchait en combinaison avec ses bas. Elle me laissait venir dans le lit à côté d'elle. Elle s'endormait vite, je lisais, blottie contre son dos » (*F*, p. 49-50).

L'attachement extrême de la petite fille à sa mère se révèle dans sa haine du cantique à la Vierge — « J'irai la voir un jour, au ciel, au ciel » (*F*, p. 49) — qui, lorsque sa mère le chante, lui paraît révéler un désir de fuite, de trahison. Logiquement, le père devient alors un rival : « Il me semble que nous étions tous les deux amoureux de ma mère » (*F*, p. 46). Inconsciemment, dans le trio familial, la fille cherche à séparer le couple parental, pour renforcer sa complicité avec la mère. La physiologie féminine, l'apprentissage scolaire, les courses à Rouen, tout est prétexte à resserrer l'intimité jalouse mère-fille : « On n'avait pas besoin de lui » (*P*, p. 82). Écrire *Une femme*, ce n'est pas alors seulement chercher à mieux comprendre l'influence subie, c'est reconstruire un lien, indispensable à la vie, en lui ôtant ce qu'il a de traumatisant. Lien d'autant plus essentiel qu'il était le dernier à unir l'enfant que fut l'auteur à l'adulte qu'elle est devenue. Cette vérité universelle se renforce ici de la différence des milieux sociaux. La mère seule confirmait la narratrice dans son identité en réunissant l'enfant du monde ouvrier à l'intellectuelle. Écrire, c'est unir, créer la vie par-delà la démence ou la mort. Le livre tisse un nouveau cordon ombilical du présent au passé, de la fille à la mère — « Maintenant, tout est lié » (*F*, p. 103) — mais l'ordre naturel a été inversé. En écrivant, la fille enfante en quelque sorte sa mère (*F*, p. 43). Rendre à une femme la vie qu'on a reçue d'elle, quelle magnifique preuve d'amour ! Le livre n'est que l'aboutissement de cette attitude déjà manifestée à plusieurs reprises dans le comportement de la fille : intégrer la mère au monde bourgeois d'abord, ensuite considérer son ultime maladie, non pas avec la répulsion habituelle des bien-portants, mais avec la tendresse d'une mère pour un enfant handicapé : « Elle était une petite fille qui ne grandirait pas » (*F*, p. 101). Tous les gestes quotidiens de la puériculture se retrouvent dans les soins que la narratrice donne à la femme âgée : laver les mains, brosser les cheveux, embrasser (*F*, p. 100-101) et il n'est pas question ici de devoir vécu comme une corvée : « J'avais besoin de la nourrir, la toucher, l'entendre » (*F*, p. 101). Face à cette mère qui a « perdu la tête », la fille-écrivain se sent investie d'une mission : grâce à la mémoire et son savoir, elle doit « unir par l'écriture la femme démente qu'elle est devenue, à celle forte et lumineuse qu'elle avait été » (*F*, p. 89). La symbiose mère-fille débouche ainsi sur un équilibre parfait : « Elle aimait donner à tous, plus que recevoir. Est-ce qu'écrire n'est pas une façon de donner » (*F*, p. 105-106).

L'un des buts du livre est d'éliminer l'ambivalence de la mère, de refouler à jamais l'image angoissante d'une femme castratrice dont le souvenir se confond « avec ces mères africaines serrant les bras de leur petite fille derrière son dos, pendant que la matrone exciseuse coupe le clitoris » (*F*, p. 62). La comparaison avec une mère africaine rappelle la révolte des héroïnes dans *Les armoires vides* et *Ce qu'ils disent ou rien* contre les principes arriérés et les préjugés moraux étouffants qui caractérisent l'autorité maternelle. Plus profondément encore, cela recouvre tout un aspect noir, diabolique, de cette femme qui « claquait les portes » (*F*, p. 50), tapait facilement, s'exprimait en paroles abruptes. La perspective ethnologique permet alors à Annie Ernaux d'écarter cet obstacle à la fusion définitive des deux êtres : « J'essaie de ne pas considérer la violence, les débordements de tendresse, les reproches de ma mère comme seulement des traits personnels de caractère, mais de les situer aussi dans son histoire et sa condition sociale. Cette façon d'écrire, qui me semble aller dans le sens de la vérité, m'aide à sortir de la solitude et de l'obscurité du souvenir individuel, par la découverte d'une signification plus générale » (*F*, p. 52).

Purifiée par l'œuvre qui la dépouille de son rôle négatif, l'image de la mère se fixe — à jamais, souhaite la narratrice qui ne veut plus rien apprendre de plus à son propos — sur une présence angélique, immatérielle et sécurisante : « une ombre large et blanche au-dessus de moi » (*F*, p. 105).

Cette fonction cathartique justifie l'écriture d'*Une femme* qui, sinon, se réduirait à un portrait symétrique : après le père, la mère, motivé par la tendresse filiale mais n'ayant plus vraiment de révélation à mettre au jour.

Comme dans un palimpseste, sous la biographie on découvre dans *La place* et *Une femme* un autoportrait dont le rôle n'est pas seulement d'apporter une connaissance de soi, mais aussi de restaurer un moi déchiré. Souffrant dans sa chair de fille, Annie Ernaux ne crie plus sa douleur, elle la chuchote pour l'apaiser : douleur devant les privations intellectuelles et artistiques dont a souffert son père, douleur face à la démence qui a défiguré sa mère. Les deux livres répondent aussi, naturellement, à l'objectif traditionnel des œuvres basées sur une évocation du passé : sauver de l'oubli, préserver des ravages du temps. L'écriture rétablit une communication familiale, permettant à la narratrice « de vivre avec [sa mère] dans un temps, des lieux, où elle est vivante » (*F*, p. 68).

Au carrefour de la biographie et de l'autobiographie, *La place* et *Une femme* se veulent deux œuvres, « d'une certaine façon, au-dessous de la littérature[1] » (*F*, p. 23). Certes,

1. Voir Dossier, p. 170.

leur auteur ne s'est pas reconnue « le droit de prendre d'abord le parti de l'art » (*P*, p. 24), mais elle a bien eu « un projet de... nature littéraire (consistant à) chercher une vérité... qui ne peut être atteinte que par des mots » (*F*, p. 23). Ainsi se trouve posé le problème du style qu'Annie Ernaux a choisi. Si hybrides qu'ils soient, ses deux livres n'ont rien de documents scientifiques, ils relèvent bien de la création littéraire. Que veut dire alors « ne pas prendre d'abord le parti de l'art » et comment justifier cette optique ?

II. L'« ÉCRITURE PLATE »

Habituellement, parler d'écriture plate est un reproche. style plat : Style pauvre, signe cruel d'un manque de talent. Or, Annie Ernaux déclare qu'elle n'a pas le droit d'écrire autrement, au nom de la vérité qu'elle cherche et de la fidélité qu'elle veut restaurer.

L'ART EST-IL UN OBSTACLE À LA VÉRITÉ ?

Répondre positivement à cette question, c'est assimiler l'art à un trucage, une retouche, qui embellit et poétise les choses. Faire d'abord de l'art pour Annie Ernaux serait tomber dans l'idéalisation de la littérature populiste ou dans les descriptions pathétiques du naturalisme. L'art serait alors mensonge, faconde truculente et pittoresque. On voit resurgir ici la crainte des excès romantiques qui poussait un Stendhal à rêver de la sécheresse du Code civil.

Incontestablement on dénombre peu de métaphores filées, pas de phrases complexes et raffinées qui, comme chez Proust, exploreraient les méandres de la mémoire. On chercherait en vain ces descriptions minutieusement travaillées par lesquelles Balzac ou Zola nous auraient fait imaginer le tenancier de bistrot ou l'épicière. Aucune intrigue romanesque ne cherche à dynamiser les souvenirs fragmentés pour séduire un lecteur avide d'émotions. En ce sens, l'art, réaliste ou naturaliste, bourgeois de toute façon, est refusé.

Pourtant, on ne peut soutenir que le témoignage brut, maladroit, répétitif et informe approcherait mieux la vérité que la déposition lucide d'un écrivain réfléchi. Annie Ernaux le sait bien qui ne nous présente pas une « tranche de vie », reproduction conforme des mœurs de commerçants normands, langage compris.

Quelle vérité d'ailleurs la langue incorrecte et pauvre de ces gens, intimidés justement par leur infériorité d'expression, pourrait-elle amener au jour ? Partant du principe marxiste de l'aliénation ouvrière, qui postule que la victime n'a pas conscience de son état, Annie Ernaux se condamne à utiliser *son* propre langage d'écrivain, pour « traduire » la vision du monde qu'avaient ses parents. Elle ne se considère pas non plus comme l'archiviste effacée de sa famille : la vérité biographique l'intéresse moins que la relation entre les êtres et l'impitoyable loi sociale qui façonne les destins.

Car si Annie Ernaux refuse une certaine conception de l'art, elle est plus nuancée que certains critiques aveugles ou de mauvaise foi ne l'ont dit : elle estime n'avoir « pas le droit de prendre *d'abord* le parti de l'art » (*F*, p. 24), elle souhaite rester, « d'*une certaine façon*, au-dessous de la littérature[1] » (*F*, p. 23). Implicitement l'art reste le second objectif car il s'agit pour elle d'inventer une autre littérature.

1. Voir Dossier, p. 170.

Comme tout écrivain, Annie Ernaux cherche un moyen d'expression pour atteindre son but : cerner la vérité objective et donc dépasser sa sincérité personnelle. Elle doit créer un langage qu'elle appelle par provocation l'« écriture plate » (*P*, p. 24), la plus neutre possible (*F*, p. 62), diamétralement opposée à l'écriture hargneuse et colorée de ses premiers romans. À sa façon, elle redécouvre l'avantage de la litote classique, qui dit le moins pour suggérer le plus. Constater les faits (par exemple : « L'odeur est arrivée le lundi. Je ne l'avais pas imaginée », *P*, p. 17). Sous-entendre l'horreur.

L'ÉCRITURE BLANCHE

Éloignée du langage parlé comme des apprêts du style, Annie Ernaux ne laisse pas pour autant courir sa plume au hasard : elle cherche le mot juste et, comme tout écrivain, se pose des questions : « En fait je passe beaucoup de temps à m'interroger sur l'ordre des choses à dire, le choix et l'agencement des mots, comme s'il existait un ordre idéal seul capable de rendre une vérité... et rien d'autre ne compte pour moi au moment où j'écris que la découverte de cet ordre-là » (*F*, p. 43). L'écriture blanche s'avoue donc ici comme un art qui exige un plan, un vocabulaire et une syntaxe précis. On a déjà pu observer que la composition globale de l'œuvre était tout à fait maîtrisée. « L'ordre des choses à dire » consiste aussi à définir le rythme des interventions de la narratrice, nécessairement en vue de produire un effet sur le lecteur. Ainsi, lorsque (*P*, p. 45) Annie Ernaux interrompt le récit de l'évolution sociale de ses parents sur l'expression clé « tenir sa place », pour méditer sur ses propres objectifs — « j'écris lentement... » —, elle tient à nous donner l'impression que le récit se fait devant nous, sans masque ni coulisse. Elle songe sans doute aussi à prévenir le reproche de froideur qu'on pourrait lui faire : c'est volontairement qu'elle s'« arrache du piège de l'individuel ». Dans ce dialogue établi avec son lecteur, elle souligne pédagogiquement son souci de vérité : « J'ai mis beaucoup de temps parce qu'il ne m'était pas aussi facile de ramener au jour que d'inventer » (*P*, p. 100). Comment pourrait-on douter d'une entreprise à laquelle on participe de si près ? Comment aussi ne pas s'identifier à cette femme qui, partant d'une expérience commune — la mort de ses parents —, élabore une méditation sur sa propre évolution qui ressemble à celle de tant de Français moyens des années quatre-vingt ? Elle leur fournit les mots qu'il faut pour les aider à prendre conscience de cette angoisse sourde qui les étreint, et à l'apaiser. L'apparente spontanéité est, comme le plus souvent, le fruit d'un patient effort.

Il serait tout aussi naïf de croire que les « phrases étranges » relevées dans *Le tour de la France par deux enfants* (*P*, p. 30-31) l'ont été au hasard[1]. Soigneusement sélectionnées pour leur hypocrisie face à l'argent et leur art de culpabiliser les pauvres, elles s'enchaînent de façon à dégager l'essentiel de la morale des riches à l'usage des pauvres : soumission, famille, travail. La réflexion du père : « ça nous paraissait réel » suffit à prouver l'efficacité du système. L'écrivain n'a plus à appuyer par un discours véhément sur l'injustice du procédé. Une pointe d'ironie suffit : « le sublime à l'usage des enfants pauvres... » Le message, de toute façon, était passé. Quelle économie de moyens ! De même, l'enchaînement des deux phrases : « Il travaillait dans l'eau avec de grandes bottes. On n'était pas obligé de savoir nager » (*P*, p. 42) démontre clairement l'indifférence du monde capitaliste au sort des ouvriers.

Enfin, on terminera cette approche de l'art du montage chez Annie Ernaux par une analyse du « chapitre » sur le langage dans *La place* (p. 62-64) : l'étude du comportement du père face au patois et aux discours des « gens bien », suivie de la démonstration de

1. Voir Dossier, p. 153.

son refus hautain des phrases creuses, est encadrée par deux interventions de l'auteur, visant, la première à contrecarrer Proust, grand bourgeois spécialiste du beau langage, la seconde à développer les dramatiques conséquences familiales du problème de l'expression. Est-il alors besoin de souligner l'injustice d'une société qui, indifférente à la valeur intrinsèque des personnes, donne à l'un toutes les chances d'avoir un langage distingué et condamne l'autre à se battre pour l'acquérir contre son propre père ?

La grande lucidité d'Annie Ernaux dans l'ordre des choses à dire n'exclut pas le soin minutieux des phrases. Elle explique dans *Passion simple* comment elle « écrit un livre : la nécessité de réussir chaque scène, le souci de tous les détails » (*PS*, p. 23). Certains critiques ont vu dans l'abondance des phrases nominales une négligence. L'ellipse du verbe permet au contraire à Annie Ernaux de donner un rythme plus rapide, un ton plus objectif, plus neutre en apparence. Suggérer plutôt que dire. Il est permis de douter lorsqu'elle affirme : « L'écriture plate me vient naturellement, celle-là même que j'utilisais en écrivant autrefois à mes parents pour leur dire les nouvelles essentielles » (*P*, p. 24). Si tel était le cas, s'il n'y avait aucune rigueur, aucune nécessité stylistique, Annie Ernaux ne préciserait pas dans *Une femme :* « En 1967, mon père est mort d'un infarctus en quatre jours. Je ne peux pas décrire ces moments parce que je l'ai déjà fait dans un autre livre, c'est-à-dire qu'il n'y aura jamais aucun autre récit possible, avec d'autres mots, un autre ordre des phrases » (*F*, p. 73).

UNE ÉCRITURE FILIALE

En fait, cette écriture blanche — qui se veut donc incolore —, lavée de l'agressivité jubilante des premiers romans, est celle qu'Annie Ernaux invente pour rester en contact avec le monde de son enfance : un style sobre, qui évite le lyrisme et ne se paie pas de mots. La « platitude » sert ici à contrecarrer l'image de l'intellectuel que se faisaient ses parents devant le médecin ou le curé : des gens qui en imposent, pour qui le langage est l'arme majeure de la supériorité. Les phrases élégantes, à la façon de Chateaubriand ou de Proust, n'auraient ici aucun sens, si l'on admet que l'un des buts des deux œuvres est de manifester le lien qu'un écrivain des années quatre-vingt garde avec son milieu d'origine, très populaire.

Il est donc indispensable que la grammaire et le vocabulaire restent accessibles à tous. Sans doute est-ce ce qu'Annie Ernaux veut signifier en comparant son style à celui des lettres qu'elle écrivait à ses parents : ils auraient pu comprendre ces deux livres. Son père aurait pu adhérer, par exemple, à la description qu'elle fait d'une de ses photos — « Juste les signes clairs du temps, un peu de ventre, les cheveux noirs qui se dégarnissent aux tempes, ceux, plus discrets, de la condition sociale, les bras décollés du corps, les cabinets et la buanderie qu'un œil petit-bourgeois n'aurait pas choisis comme fond pour la photo » (*P*, p. 47) —, mais il est certain qu'il n'aurait pas lui-même formulé les choses de la même façon : *dégarnir, tempes, décoller* : des mots connus, certes, mais de là à les utiliser, il y a une marge. Précisément Annie Ernaux joue sur cette marge. Écrire un livre qui choisit comme matériau de base les mots accessibles à ses parents, c'est faire un effort de tendresse filiale, voire de fidélité à sa classe. Respecter, à travers eux, ceux qui leur ressemblent, refuser de les prendre de haut pour les éblouir et les humilier.

Mais cela n'exclut nullement la précision et la rigueur, parce que les milieux modestes, qui ne se gargarisent pas de mots, ont l'excellente habitude de ne prendre « jamais un mot pour un autre » (*P*, p. 46). On ne dit pas n'importe quoi : on dit ce qu'il faut, ce qu'on a à dire, sans hypocrite fioriture. Être précise et concise, pour Annie Ernaux, c'est rendre hommage à ses parents qui lui ont fourni l'antidote contre le verbiage bourgeois.

En travaillant sur les mots de son père, Annie Ernaux s'efforce de réduire la distance que l'adolescence a établie entre eux deux. Sans doute, au-delà de l'analyse ethnologique, faut-il voir là la justification des expressions en italique qui parsèment le texte (surtout celui de *La place*, puisque la mère s'était au contraire efforcée d'adopter le vocabulaire de sa fille). Le professeur de français qu'est aussi l'auteur s'offre ici le plaisir d'une contre-explication de texte. Au lieu de « traduire » en langage courant le style fleuri de nos grands auteurs, elle explique le sens précis que, dans telle circonstance, tel mot, qu'on croyait bien connaître, prenait dans son milieu. Par exemple, elle signale (*P*, p. 15) que le mot « gentil » signifie « net, convenable » ou (mais est-ce encore bien nécessaire ?), que « faire paysan signifie qu'on n'est pas évolué, toujours en retard sur ce qui se fait, en vêtements, langage, allure » (*P*, p. 70). À cette subtile vengeance s'ajoute certainement l'émotion d'une femme qui réentend les mots de son enfance, chargés de toutes leurs connotations affectives. Par exemple, l'expression « faire du tort » déclenche chez elle un écho qu'elle analyse : « Cette expression, comme beaucoup d'autres, est inséparable de mon enfance, c'est par un effort de réflexion que j'arrive à la dépouiller de la menace qu'elle contenait alors » (*P*, p. 52).

Le style, si simple en apparence de *La place* et d'*Une femme*, en réalité savant dosage de vocabulaire populaire, de syntaxe épurée et de phrases clés surgissant du passé englouti, est donc une création. Net et clair, il affirme l'honnêteté de l'auteur vis-à-vis du monde de son enfance. Mais surtout, ce langage qui assure un compromis sécurisant entre le peuple et les intellectuels, restaurant ainsi l'unité psychologique de son auteur, devient son moyen d'expression spécifique, celui qu'elle réutilise naturellement dans *Passion simple*.

Classer *La place* et *Une femme* dans une catégorie littéraire précise manquerait d'honnêteté, sauf si on s'en tient au terme vague de « récit », choisi d'ailleurs pour la première édition de *La place* mais absent ensuite dans l'édition Folio. Annie Ernaux suggère de parler de « récit auto-socio-biographique » ou encore de « récit transpersonnel[1] ». En un sens, c'est une biographie du père et de la mère de l'auteur, mais la volonté de reconstituer de l'intérieur l'itinéraire psychologique du personnage principal fait défaut. Ce n'est certes pas un roman mais c'est pourtant une œuvre littéraire. On y trouve de nombreux points de rencontre avec une autobiographie, mais il y a deux héros, au lieu d'un seul, un plan et un rythme qui ne sont pas ceux de l'évocation du passé, un art de l'implicite qui limite la sincérité. Et l'auteur n'emploie nulle part le mot « autobiographie ». Afin de cacher aux autres (et à elle-même) qu'elle a besoin d'écrire ce livre pour retrouver sa stabilité psychique ? Il est pourtant évident que chez Annie Ernaux l'écriture est la solution par laquelle elle intègre à sa personnalité un passé douloureux : *Passion simple* se conforme lui aussi à cette règle. Faisant de la littérature, *La place* et *Une femme* n'hésitent pas à provoquer la critique en revendiquant une écriture plate, en contestant l'art maniéré et bourgeois. Et pourtant tout y est calculé, au mot près, avec une extrême lucidité. Bâtissant, avec les mots du peuple, son style propre, Annie Ernaux trouve sa voie (voix !). Elle témoigne de la difficulté de

1. Entretien du 17 avril 1992 avec Gro Lokøy.

vivre, qu'on soit ouvrier normand ou écrivain, de l'impossible fidélité aux êtres et aux idées Elle rejoint en cela la thématique essentielle d'un roman de Simone de Beauvoir qu'elle lisait, nous dit-elle, au moment de l'agonie de son père : *Les mandarins*[1]. On y voit un écrivain, Henri Perron, décider de « s'amuser gratuitement à être sincère[2] » et échouer dans sa tentative autobiographique. Analysant plus tard son incapacité à achever cette œuvre, il comprend : « Il avait voulu écrire un livre gratuit : gratuit, sans nécessité, sans raison, pas étonnant qu'il s'en soit dégoûté si vite. Et il s'était promis d'être sincère mais il n'avait été que complaisant ; il avait prétendu parler de lui sans se situer au passé ni au présent : alors que la vérité de sa vie était hors de lui, dans les événements, dans les gens, dans les choses ; pour parler de soi, il faut parler de tout le reste[3]. » Annie Ernaux a tiré profit de la leçon. Impossible de la taxer de narcissisme !

1. Voir Dossier, p. 165.

2. Simone de Beauvoir, *Les mandarins*, tome I, p. 199.

3. *Ibid.*, p. 430.

V ÉCRITURE ET TRAHISON

En marge des motivations traditionnelles des auteurs qui se plongent avec délice dans leurs souvenirs familiaux, pour les revivre et, pieusement, vénérer les parents à qui ils doivent tant de bonheurs, mais en marge aussi de la volonté de témoigner avec précision sur une époque et un mode de vie local, Annie Ernaux a puisé son inspiration dans un sentiment pesant dont il lui faut se débarrasser : une sourde culpabilité. La mort du père a déclenché le désir d'écrire non seulement parce qu'elle entraîne une coupure définitive, mais surtout parce qu'elle empêche toute réconciliation profonde. L'homme qui vient de mourir a pu croire que sa fille lui était à jamais étrangère, ayant basculé dans le monde bourgeois. Il est trop tard pour essayer de l'aimer tel qu'il est. Il ne reste plus de moyen de communication. Seule offrande possible : un livre qui recherche la vérité. L'épigraphe de *La place* donne donc à l'œuvre une visée expiatrice : « Je hasarde une explication : écrire c'est le dernier recours quand on a trahi. » Le patronage de Jean Genet[1] manifeste la volonté de l'auteur de s'écarter de la respectabilité bourgeoise : se jugeant traître à son père comme à sa classe sociale d'origine, elle veut du moins signifier qu'elle n'est plus dupe de sa réussite. *Une femme* se place dans une optique différente avec la référence à Hegel : « C'est une erreur de prétendre que la contradiction est inconcevable, car c'est bien dans la douleur du vivant qu'elle a son existence réelle[2]. » La culpabilité, la honte de la trahison ont été remplacées par la souffrance d'une contradiction. Il ne s'agit plus de reniement mais de déchirement. *Une femme* affirme l'appartenance de son auteur à deux mondes antithétiques. Les deux épigraphes désignent l'écriture comme nécessaire. Mais celle de *La place* axée sur une

1. Voir Dossier, p. 161.

1. Voir Dossier, p. 169.

perspective morale, est plus culpabilisante car ce « dernier recours » peut aussi bien constituer l'ultime trahison, ou se limiter à un palliatif tandis que, dans la perspective de Hegel, la contradiction, étant au cœur des choses, est finalement le moteur d'un acte positif puisqu'il dérive de la nature des choses. Angoisse et contradictions, déplacées sur le plan métaphysique, renvoient non plus à un problème individuel mais à une caractéristique de la condition humaine. L'évolution tient aux dix-neuf années qui se sont écoulées entre la mort du père et celle de la mère. Cette période a permis à Annie Ernaux de se racheter en manifestant personnellement à sa mère un attachement profond, et en rédigeant puis en publiant *La place*. L'écriture a donc apaisé les remords. La première étape de la thérapeutique est l'aveu circonstancié de la trahison de l'adolescente. Mais il ne suffit pas de se reconnaître coupable, encore faut-il que l'auteur se trouve un compromis, « une place » qui tienne compte de sa double expérience : celle du peuple et celle de la bourgeoisie. Rejeter l'adolescente qui tournait le dos à sa famille par ambition tout en continuant à vivre dans le monde bourgeois serait insupportablement hypocrite. Les deux livres s'efforcent donc de reconstituer l'itinéraire douloureux d'une réussite conditionnée par les exigences cumulées de l'école et de la société, qu'elle soit ouvrière ou petite-bourgeoise, afin de trouver la synthèse qui, dépassant les contradictions vécues, restituerait à l'auteur son unité.

I. LA TRAHISON DE L'ADOLESCENTE

C'est le contact avec l'école, et particulièrement le pensionnat religieux, qui a fait éclater la bienheureuse unité dans laquelle vivait l'enfant. Il n'y a plus un seul monde avec ses valeurs et ses exigences mais deux. Deux modèles inconciliables, donc un choix à faire. Annie Ernaux n'a pas été la seule confrontée à cet angoissant problème : l'école obligatoire, instituée par Jules Ferry, a entraîné bien des cassures dans les familles populaires. Des écrivains comme Guéhenno, Cohen ou Memmi ont témoigné[1] de la gravité du dilemme : être fidèle à ceux qui vous aiment ou accéder au monde de la culture. *La place* et *Une femme* avouent qu'à la tendresse parentale, l'adolescente n'a su répondre que par l'ingratitude.

1. Voir Dossier, p. 200.

LA TENDRESSE PARENTALE

Les images de la complicité heureuse entre la fille et son père renvoient toutes à la petite enfance — « Il me conduit par la main à la foire et les manèges me terrifient » (*P*, p. 45) — ou du moins au monde des loisirs enfantins : « toujours prêt à m'emmener au cirque, aux films bêtes, au feu d'artifice... » (*P*, p. 65). Pudique, parce qu'on exigeait jadis des pères une certaine froideur, parce que aussi son enfance ne lui a jamais appris à manifester sa tendresse — rappelons que, placé à douze ans comme vacher dans une ferme, il lui était interdit de rentrer chez ses parents (*P*, p. 31) —, il n'exprime jamais ses sentiments par des paroles et embrasse « avec brusquerie » (*P*, p. 97). On peut mesurer toutefois sa capacité d'affection à l'ampleur du chagrin qu'il manifeste lorsque sa première fille meurt de la diphtérie : « On l'a entendu hurler depuis le haut de la rue. Hébétude pendant des semaines, des accès de mélancolie ensuite, il restait sans parler, à regarder par la fenêtre, de sa place à table. Il se "frappait" pour un rien » (*P*, p. 46-47).

Homme du concret, il prouve son amour paternel par des actes. L'un des plus évidents est le sacrifice consenti pour que « la gosse [ne soit] privée de rien » (*P*, p. 56). La mère s'associe à cette démarche : « Elle m'offrait des jouets et des livres à la moindre occasion, fête, maladie, sortie en ville. Elle me conduisait chez le dentiste, le spécialiste des bronches, elle veillait à m'acheter de bonnes chaussures, des vêtements chauds, toutes les fournitures scolaires réclamées par la maîtresse... Son désir le plus profond était de me donner tout ce qu'elle n'avait pas eu » (*F*, p. 51). Aussi, conscients de leurs limites financières, renseignés par leur propre expérience sur les difficultés des familles nombreuses, « ils ne voulaient qu'un seul enfant pour qu'il soit plus heureux » (*F*, p. 42). Lorsque l'adolescence aura consommé la rupture, le père sera content de pouvoir au moins la nourrir, de lui être utile sur ce plan (*F*, p. 83). Enfin il poursuivra sa fonction économique en offrant son épargne au jeune couple, « désirant compenser par une générosité infinie l'écart de culture et de pouvoir qui le séparait de son gendre » (*P*, p. 95). Donner de l'argent parce que rien d'autre en lui n'intéresse. L'acte en lui-même est déjà émouvant, et rappelle l'absolu dévouement du père Goriot. Annie Ernaux nous fait aussi comprendre que cet homme ne donne pas son superflu : il ne vit pas lui-même dans le luxe, bien au contraire. « Vous avez bien raison de profiter », dit-il à sa fille (*P*, p. 98), mais il ne lui vient pas à l'idée de profiter lui-même. Il s'efface.

D'une façon plus subtile, le père signale l'importance que sa fille a dans sa vie. Il se fait prendre en photo avec elle, dans son costume du dimanche, quand elle inaugure son premier vélo (*P*, p. 55), ou la photographie lui-même (*P*, p. 78), signant involontairement la prise de vue par son ombre portée. Il multiplie les efforts lorsque sa fille invite chez eux une amie (*P*, p. 93) et se met en grand dimanche pour recevoir son futur gendre. Enfin, signe caché que la narratrice ne découvrira qu'après la mort du père, il garde précieusement dans son portefeuille une coupure de journal annonçant que sa fille était reçue au concours d'entrée à l'École normale d'institutrices (*P*, p. 22).

À ces humbles témoignages d'un cœur aimant, il faut ajouter deux faits d'apparence banale mais de haute portée symbolique. Le premier, mentionné deux fois, s'est répété quotidiennement pendant des années : « Il me conduisait de la maison à l'école sur son vélo » (*P*, p. 112). Cette image clé du père est aussi celle que, le jour de l'enterrement, un oncle tient à faire resurgir (*P*, p. 21). La deuxième preuve de l'abnégation du père est signalée à la fin du livre : il a conduit sa fille pour la première fois à la bibliothèque municipale quoiqu'il ait dit : « Les livres, la musique, c'est bon pour toi. Moi je n'en ai pas besoin pour *vivre* » (*P*, p. 83). Ainsi, le récit s'ouvre et se ferme sur le signe du désintéressement le plus absolu : en conduisant lui-même, « passeur entre deux rives » (*P*, p. 112), sa fille au lieu qui l'écartera de lui, le père sacrifie son propre bonheur à celui de son enfant.

Moins discrète dans ses manifestations d'affection ou de colère, la mère a laissé dans la mémoire des images plus fortes : les scènes de tension alternent avec les moments tendres : « Elle m'appelait chameau, souillon, petite garce... Elle me battait facilement... Cinq minutes après, elle me serrait contre elle et j'étais sa poupée » (*F*, p. 51). Lorsque l'enfant grandit, elle prend le relais du père et à son tour devient « passeur », emmenant sa fille « voir à Rouen des monuments historiques et le musée » (*F*, p. 57).

Comme Charon, le sombre nocher des Enfers grecs, les parents donnent accès à un autre monde, où eux-mêmes ne pénétreront jamais. Annie Ernaux ne s'efforce-t-elle pas désormais de les faire « passer » à son tour du côté de la lumière, de la culture ?

L'ÉVOLUTION CULTURELLE DE L'ENFANT

L'école, qui enseigne un langage correct, nourrit les conflits familiaux d'autant plus qu'elle véhicule son code des bonnes manières. En condamnant, par exemple, les éternuements bruyants d'une élève, la maîtresse (*P*, p. 69) sanctionne indirectement le comportement du père qui crachait et « éternuait avec plaisir » *(ibid.)*. Le silence du corps — « manger bouche fermée ou se moucher discrètement » (*P*, p. 72), ne pas crier — signale l'appartenance à la bonne société. Et inversement.

Le monde alors, aux yeux de l'adolescente, paraît manichéen : il y a ce qui est bien, ce qui se fait, et ce qui est ridicule, inconvenant. Pour s'y reconnaître, rien de plus facile : dans son milieu d'origine, tout est mauvais. Il suffit de faire l'inverse : « L'univers pour moi s'est retourné » (*P*, p. 79). Il lui faut se rééduquer, avec toute la souffrance, l'humiliation qu'entraîne un apprentissage condamné à être toujours en retrait par rapport à ceux qui ont bénéficié d'une famille cultivée. Il est certainement plus facile d'apprendre une langue étrangère à l'école que de rectifier sans cesse les mauvaises habitudes qu'on peut avoir concernant sa langue maternelle. Non seulement le vocabulaire et les tournures qui viennent spontanément aux lèvres sont à sélectionner, mais la prononciation elle-même doit être modifiée : « Enfant, quand je m'efforçais de m'exprimer dans un langage châtié, j'avais l'impression de me jeter dans le vide. Une de mes frayeurs imaginaires, avoir un père instituteur qui m'aurait obligée à bien parler sans arrêt, en détachant les mots » (*P*, p. 64). Déjà, Denise Lesur, l'héroïne du roman *Les armoires vides* clamait sa révolte devant un langage élégant qu'elle n'arrivait pas à faire sien : « Abat-voix, abaisse-langue, allégorique, ça, c'était toujours un jeu, et je récitais les pages roses, la langue d'un pays imaginaire... C'était tout artificiel, un système de mots de passe pour entrer dans un autre milieu. Ça ne tenait pas au corps, ça ne m'a jamais tenu sans doute, embroquée comme une traînée que dirait ma mère, les jambes écartées par le spéculum de la vioque, c'est comme ça que je dois dire les choses, pas avec les mots de Bornin, de Gide ou de Victor Hugo » (*AV*, p. 78).

Annie Ernaux souligne donc toute l'injustice d'une situation assez voisine de celle des enfants d'immigrés : s'élever, c'est d'abord s'amputer du langage familial. C'est aussi découvrir qu'on ignore tout ce qui est indispensable, tout ce qu'il faudra acquérir précipitamment, pour paraître dans le ton. Pour « émigrer » avec succès dans les milieux convenables, il faut arriver avec un bagage culturel. Or la narratrice découvre « qu'entre le désir de se cultiver et le fait de l'être, il y [a] un gouffre » (*F*, p. 63). Abandonnant les romans-feuilletons, elle se jette vers « la *vraie* littérature » (*P*, p. 79) et recopie fébrilement des citations. Mais l'auteur de *La place* n'est plus si sûre que l'adolescente ait fait le bon choix et il y a quelque ironie de sa part à mentionner un auteur aussi secondaire aujourd'hui que Henri de Régnier. D'un roman à l'eau de rose à un vers pompier comme « Le bonheur est un dieu qui marche les mains vides[1] », la différence n'est peut-être que dans la prétention et le chiqué. Car la jeune fille n'a pas le temps de se former un goût personnel, il lui faut rapidement non se cultiver, mais imiter les autres, remplacer Luis Mariano par le jazz (*P*, p. 65) et songer à un autre décor où la lampe « en forme de boule posée sur un socle de marbre avec un lapin de cuivre droit, les pattes repliées » (*P*, p. 103) et « la poupée gagnée à la foire qui étale sa robe de paillettes sur [le] lit » (*P*, p. 79) n'auraient plus droit de cité. Le rêve petit-bourgeois (que Georges Perec décrit si bien dans *Les choses*) aboutit ici au premier appartement du jeune couple qui dénote jusqu'à la caricature la volonté de se plier à une mode. Tout y signifie la réussite : « le secrétaire Louis-Philippe, les fauteuils de velours rouge, la chaîne hi-fi... le dunlopillo, la commode ancienne » (*P*, p. 98). Comment d'ailleurs procéder autrement que par mimétisme quand on vit dans une famille qui n'a aucune idée des loisirs culturels, s'ennuie dès que cesse l'activité routinière qu'exige la profession de cafetier-épicier — « on est plus fatigué le dimanche que les autres jours » (*P*, p. 88) — et n'arrive à tuer le temps qu'en répétant quelques sorties modestes : Dieppe ou Fécamp, la foire ou le pèlerinage à Lisieux ? Certes, la mère

1. Voir Dossier, p. 164.

peut aussi conduire à Villequier mais elle n'est pas un guide, elle n'en sait pas plus que sa fille, elle qui a « besoin du dictionnaire pour dire qui était Van Gogh » (*F*, p. 63).

À l'exigence d'acquérir une culture toute neuve s'ajoute l'obligation de réviser ses idées : le monde dans lequel baigne l'adolescente se repaît d'affirmations simples, de stéréotypes clairs. Pour son père, l'ordre public paraît indispensable, et respectables ceux qui en assurent le maintien : police, armée (*P*, p. 79), de Gaulle lui-même (*P*, p. 88). La politique le dépasse, il se demande seulement, anxieux, « comment ça va finir tout ça » (*P*, p. 88). Or, être étudiante dans les années soixante, c'est participer à un rêve gauchiste, se sentir concernée par les idéaux révolutionnaires. Anne, dans *Ce qu'ils disent ou rien*, apprenait par Mathieu, son amant, l'analyse marxiste sur la lutte des classes. La jeune fille avait l'impression de progresser, de s'élever intellectuellement et moralement. L'idéal de gauche lui permettait précisément d'apaiser son sentiment de culpabilité : elle œuvrait pour le bonheur de la classe ouvrière. Elle ne l'avait pas quittée pour l'abandonner, mais pour mieux la servir. Car, c'est bien connu, les prolétaires sont trop aliénés : « la révolution, il faudrait que ce soient les autres qui la fassent pour eux, et encore ils ne seraient pas d'accord » (*CQDR*, p. 115). L'ennui est qu'on aime plus facilement le peuple en tant que notion qu'en tant qu'individus, et qu'on idéalise d'autant plus qu'on connaît mal. Denise Lesur protestait déjà contre cette sorte d'hypocrisie : « Les autres, ceux qui ne sont pas dedans, Bornin à la fac, par exemple, ils en parlent à leur aise, le langage des simples, le merveilleux bon sens des gens du peuple, la naïveté. La vie simple, la sagesse paysanne, la philosophie du petit commerçant, des conneries d'intellectuel, de ceux qui n'ont jamais vu leurs parents... s'empiffrer de charcuterie à même le papier » (*AV*, p. 117). Or, l'adolescente de *La place* les voit et les entend. Et elle ne supporte plus ce mode de vie.

L'INGRATITUDE

Se révolter à quinze ans contre sa famille n'est pas en soi une preuve d'ingratitude. Simplement une étape dans la constitution de sa personnalité. Mais des parents d'un milieu social défavorisé admettent moins aisément que d'autres cette crise psychologique : « Je vivais ma révolte adolescente sur le mode romantique comme si mes parents avaient été des bourgeois... Pour ma mère, se révolter n'avait eu qu'une seule signification, refuser la pauvreté, et qu'une seule forme, travailler, gagner de l'argent et devenir aussi bien que les autres. D'où ce reproche amer, que je ne comprenais pas plus qu'elle ne comprenait mon attitude : " Si on t'avait fichue en usine à douze ans, tu ne serais pas comme ça. Tu ne connais pas ton bonheur. " » (*F*, p. 65).

Les seuls heurts traditionnels concernent la sexualité et la crainte du déshonneur, si courante chez les parents de l'époque. Les disputes entre mère et fille ressemblent sur ce point à celles de bien des familles d'alors, même plus aisées : « l'interdiction de sortir — [le] choix des vêtements » (*F*, p. 61). Rien qui touche en profondeur l'affection.

La honte

Aussi n'est-ce pas là le cœur du problème. Plus culpabilisant pour Annie Ernaux est le souvenir d'avoir eu honte de ses parents. C'est son remords majeur aujourd'hui[1]. « Je trouvais ma mère voyante... J'avais honte de sa manière brusque de parler et de se comporter, d'autant plus vivement que je sentais combien je lui ressemblais » (*F*, p. 63). Ce désir de gommer en soi les traces de la filiation est la première étape du reniement. La fille est amenée à porter un jugement sur le comportement de ses parents en fonction de normes bourgeoises. Que la mère « ose entrer dans la classe pour réclamer à la maîtresse qu'on retrouve l'écharpe de laine... oubliée dans les toilettes » (*F*, p. 49) paraît normal à cette dernière pour qui les choses sont sacrées. Mais la fille ressent cette intrusion comme une humiliation : la preuve que, chez elle, on ne sait pas se tenir, rester discret, qu'on est crispé sur l'argent. Déjà, elle regrette d'avoir une mère « publique » (*F*, p. 54) et d'être amenée en classe à résoudre des problèmes d'arithmétique non dans le cadre abstrait de l'exercice scolaire, mais en fonction de sa situation de fille d'épicière. Le complexe d'infériorité gâche le plaisir d'invi-

1. Voir Dossier, p. 183.

ter des amies. La narratrice, alors même qu'elle est à l'université et pourrait avoir pris du recul, choisit des « filles sans préjugés » et annonce : « Tu sais chez moi, c'est *simple* » (*P*, p. 92). L'adjectif ici souligné a le sens négatif de « peu distingué », comme le confirme cette phrase : « Mon père est entré dans la catégorie des *gens simples* ou *modestes* ou *braves gens* » (*P*, p. 80). Cette honte, cette certitude que ses parents ne sont pas présentables est si tenace que la narratrice n'envisage pas, au début de son mariage, de faire accepter sa famille à son mari. Elle va la voir seule (*P*, p. 96) et tient si précautionneusement son fils à l'écart de ses grands-parents qu'à deux ans et demi, il dit encore « le monsieur » en parlant de son grand-père (*P*, p. 105). Annie Ernaux ne se leurre pas en espérant avoir caché sa honte à ses parents. Les colères du père lorsque la fille corrige ses erreurs de langue ne sont que la transposition agressive du sentiment d'infériorité. Il ne lui reste plus qu'à se taire : « Il n'osait plus me raconter des histoires de son enfance » (*P*, p. 80) et cacher sa déception : « Fierté de ne rien laisser paraître, *dans la poche avec le mouchoir par-dessus* » (*P*, p. 99). Ils ne communiqueront plus ensemble qu'autour des banalités du quotidien.

La seule solution vivable pour le père est alors celle de l'effacement : ne pas quitter son cadre modeste, s'efforcer de paraître présentable quand une jeune étudiante vient chez lui. À ce prix, il peut alors estimer : « Je ne t'ai jamais fait honte » (*P*, p. 93), entendant par là qu'il a accompli les efforts nécessaires, mais prouvant aussi du même coup qu'il n'a pas une juste perception de son infériorité, puisque le lecteur sait, dans le contexte, que le père a fait honte à sa fille.

Moins proche du monde ouvrier, la mère part du principe qu'elle vaut bien les autres (*F*, p. 32). Mais c'est plus une exhortation pour s'encourager qu'une réelle confiance en soi. Lorsque la directrice du pensionnat précise que pour la fête de l'école leur fille doit être « en costume de ville », les parents se sentent humiliés : « Honte d'ignorer ce qu'on aurait forcément su si nous n'avions pas été ce que nous étions, c'est-à-dire inférieurs » (*P*, p. 60). Le mariage de sa fille avec un jeune homme issu d'un milieu cultivé réveille l'angoisse de la mère qui lui recommande de bien tenir son ménage, de crainte qu'elle ne soit renvoyée (*F*, p. 71). Le seul refuge de ces humbles est l'attitude intelligente « qui consiste à percevoir [son] infériorité et à la refuser en la cachant du mieux possible » (*P*, p. 60).

Mais cette position n'est pas inexpugnable. Invitée à vivre chez ses enfants, après son veuvage, la grand-mère normande va subir une rééducation éprouvante puisque touchant aussi bien aux gestes quotidiens qu'aux sujets de conversation. D'où sa révolte : « Je ne fais pas bien dans le tableau » et son obstination à feindre « de se considérer comme une employée » (*F*, p. 77). Ainsi, elle accentue sa réelle humiliation pour la reprocher à sa fille et lui faire jouer le mauvais rôle.

L'enfer familial

Ayant honte de ses parents mais ayant gardé assez de sens moral pour avoir honte en plus de ce reniement, la narratrice se réfugie dans l'isolement, le monde clos des études, meilleur moyen pour couper toute communication. « Je travaillais mes cours, j'écoutais des disques, je lisais, toujours dans ma chambre. Je n'en descendais que pour me mettre à table. On mangeait sans parler. Je ne riais jamais à la maison. Je faisais de " l'ironie ". C'est le temps où tout ce qui me touche de près m'est étranger » (*P*, p. 79). Cette atmosphère glaciale qui détruit le bonheur de l'intimité familiale amène le père à considérer les études de sa fille comme un obstacle à la joie de vivre (*P*, p. 80). Le dialogue se réduit au minimum : « On se disait les mêmes choses qu'autrefois, quand j'étais petite, rien d'autre... on n'avait plus rien à se dire » (*P*, p. 83-84). Encore est-ce là l'aspect le moins douloureux du souvenir. Car Annie Ernaux ne cache pas les scènes qui pouvaient attrister le trio familial. Leur mécanisme est presque toujours basé sur le refus de la fille devant la véritable nature de ses parents. Heurtée par leur manque d'éducation, elle s'estime investie d'une mission : les former au comportement bourgeois, mission qui, si elle aboutissait, aurait l'avantage de faire s'évanouir toute honte, mais mission que le père ne peut admettre car elle inverse l'ordre normal de l'éducation et aggrave son indignité (*P*, p. 82).

Les mots eux-mêmes sont piégés, car l'infériorité parentale est d'abord de nature linguistique. À peine dégagé du patois — « il était fier d'avoir pu s'en débarrasser en partie » (*P*, p. 62) —, le père estime impossible de « parler “ bien ” naturellement » (*P*, p. 63). Et voici que sa fille le reprend, « lui annonc[e] que “ se parterrer ” ou “ quart moins d'onze heures ” n'*existaient pas* » (*P*, p. 64). Il se voit accusé d'avoir failli à son rôle de guide : « Comment voulez-vous que je ne me fasse pas reprendre, si vous parlez mal tout le temps ? » *(ibid.)*. C'est malgré lui, voire contre lui, que sa fille construit sa réussite scolaire. Alors que la mère, plus audacieuse, adopte partiellement les termes de sa fille, lui met sa dignité à se refuser « à employer un vocabulaire qui n'était pas le sien » (*P*, p. 64). La situation se bloque : peur du ridicule et de l'échec du côté du père, honte et découragement pour la fille. Comment communiquer lorsque déjà les mots employés posent problème ? Le père se résout alors au silence, il n'est plus qu'une signature au bas d'une lettre. Il n'obtient que cet étrange « amour séparé » (*P*, p. 23) qui est au fond une tendresse à distance. Aimé abstraitement, en son absence, il agace et déçoit dès qu'il est là (*P*, p. 89 et 97). Même lorsque la narratrice est mariée, les problèmes d'incompréhension persistent. Le cadeau qu'elle apporte conviendrait à un père petit-bourgeois : un flacon d'after-shave. Il ne peut que dérouter un homme qui a toujours réduit l'hygiène à sa plus simple expression, lié le parfum à la féminité et qui va être impressionné par le terme anglais : *after-shave.* L'affection sauve la scène : il promet d'utiliser le cadeau, mais les vieux démons ne sont pas loin : la narratrice a envie de « pleurer comme autrefois » et soupire : « Il ne changera donc jamais » (*P*, p. 98). Elle reconnaît implicitement qu'elle n'a pas renoncé au désir de le changer et donc ne l'aime pas pour lui-même.

En un sens le livre n'est pas fondamentalement différent : l'amour qu'il manifeste pour le père prolonge cette tendresse abstraite. Certes, il n'y a pas trace d'idéalisation, mais celle-ci n'est plus nécessaire. La mort du père a figé leur relation et clôt le problème : l'homme n'a pas changé ; au présent, il serait tout aussi insupportable qu'autrefois. Mais son absence définitive rend possible la reconnaissance de sa véritable nature et de l'affection qu'il méritait.

L'AMBITION

L'écart culturel et social grandissant qui a creusé un fossé entre la fille et ses parents n'est pourtant pas le fruit de la seule ambition de l'enfant. Annie Ernaux prend soin d'expliquer qu'elle s'inscrit dans la suite logique d'un projet familial. Déjà sa grand-mère maternelle, « première du canton au certificat, aurait pu devenir institutrice » (*F*, p. 25). Si elle est restée tisserande à domicile, c'est sur la volonté de ses parents qui redoutaient de la voir quitter le village : « certitude alors que s'éloigner de la famille était source de malheur » *(ibid.)*. C'est à ce propos que la narratrice nous donne une extraordinaire définition du mot « ambition » : « en normand, " ambition " signifie la douleur d'être séparé, un chien peut mourir d'ambition » (*F*, p. 25). Étonnant cheminement de l'ardent désir de gloire à sa conséquence négative, si applicable au cas de l'auteur de *La place* !

Sa mère elle-même fait preuve d'une constante volonté de réussite sociale. Entrée comme ouvrière à la corderie d'Yvetot, elle se sent fière par rapport aux filles de la campagne « quelque chose comme être civilisée par rapport aux sauvages » (*F*, p. 31). Elle s'efforce ensuite d'« échapper au destin le plus probable, la pauvreté sûrement, l'alcool peut-être » (*F*, p. 34). Mariée, elle rêve d'un commerce. À Lillebonne, forcée de rencontrer des gens d'un milieu plus élevé : fournisseurs, représentants, fonctionnaires, elle a « l'espoir, puis la certitude de ne plus " faire campagne " » (*F*, p. 41). Elle tente d'améliorer son expression en enrichissant son vocabulaire, en maniant des images (*F*, p. 56). C'est l'essentiel de son prestige auprès de sa fille : « Elle désirait apprendre... S'élever, pour elle, c'était d'abord apprendre » (*F*, p. 56-57). Réalisant ses désirs à travers sa fille, elle a alors « la fierté de [la] pousser vers des connaissances et des goûts qu'elle savait être ceux des gens cultivés » (*F*, p. 58). Ainsi l'école n'est pas pour elle une concurrente ni les livres des rivaux : « Tout en elle, son autorité, ses désirs et son ambition, allait dans le sens de l'école » *(ibid.)*. Au point qu'obnubilée par le travail scolaire, voie royale à ses yeux de la réussite, elle rabroue sa fille qui lui parlait de politique : « Cesse de te monter la tête avec tout ça, l'école en premier » (*F*, p. 64). Lorsque, devenue veuve, elle est intégrée dans le train de vie bourgeois de ses enfants, elle a certes une première révolte mais, ambitieuse, vaniteuse aussi sans doute, elle se plie aux nouvelles lois (*F*, p. 78-79).

Incontestablement, l'opiniâtre ambition de la mère est une justification de celle de la fille. Elle-même a préparé la voie, progressé vis-à-vis de ses propres parents, orienté sa fille. Dans *Les armoires vides* déjà, l'héroïne constatait agressivement : « Au fond, c'est la faute de ma mère, c'est elle qui a fait la coupure. Elle avait peur que je ne travaille plus bien en classe, que je sois comme Monette, j'en foutiste, heureuse... Elle croyait qu'en me gardant à la maison, je deviendrais " quelqu'un ". C'est elle a qui a tout fait... Sa faute (p. 85). »

Annie Ernaux nous donne l'impression que l'ambition, dans sa famille, est spécifiquement féminine. Sa grand-mère paternelle, contrairement à son mari, « avait appris à l'école des sœurs » (*P*, p. 26) à lire et à écrire. Elle avait de « la distinction » malgré son extrême pauvreté. Malheureusement, elle n'a pas pu pousser ses fils à l'école. Ils manquaient la classe pour aider aux travaux agricoles. Finalement le père de la narratrice, qui a été retiré de l'école à douze ans, « a réussi à savoir lire et écrire sans faute. Il aimait apprendre » (*P*, p. 29). Il avait donc des aptitudes intellectuelles, et lui aussi, au retour de la guerre de 14, a voulu sortir de sa condition paysanne en devenant ouvrier. Mais il n'a pas la volonté de sa femme, et timide — ou sage — préfère rester à « sa place ».

Pourtant, s'il se résigne pour lui, il garde au cœur « l'espérance que [sa fille sera] *mieux que lui* » (*P*, p. 74). Sans la pousser aux études, il la laisse libre de les faire, de travailler dans sa chambre sans aider au commerce ; il respecte son école et applaudit ses résultats. En ce sens l'ambition de sa fille n'est plus une trahison mais une revanche : « Peut-être sa plus grande fierté, ou même, la justification de son existence : que j'appartienne au monde qui l'avait dédaigné » (*P*, p. 112).

Ainsi, dans les milieux populaires, si un enfant est doué pour les études, il se trouve condamné à un dilemme : ou il trahit ses dons et les espoirs que sa famille investit en lui, ou il trahit sa classe sociale en se hissant dans un monde plus cultivé. Or, peut-on honnêtement l'accuser de fuir la misère financière et culturelle ? Anne, dans *Ce qu'ils disent ou rien* protestait : « Moi aussi être mieux qu'eux, ça me plairait, vivre comme eux il faudrait être cinglée pour le désirer... S'élever, qu'est-ce qui pourrait dire que c'est mal ? » (*CQDR*, p. 109). La culpabilité est bien là pourtant, lancinante, confirmée par Denise Lesur : « Il n'y a peut-être jamais eu d'équilibre entre mes mondes. Il a bien fallu en choisir un, comme point de repère, on est obligé. Si j'avais choisi celui de mes parents, de la famille Lesur, encore pire, la moitié carburait au picrate, je n'aurais pas voulu réussir à l'école, ça ne m'aurait rien fait de vendre des patates derrière le comptoir, je n'aurais pas été à la fac. Il fallait bien haïr toute la boutique, le troquet, la clientèle de minables à l'ardoise. Je me cherche des excuses, on peut peut-être s'en sortir autrement » (*AV*, p. 82). Problème majeur effectivement. S'il est logique que l'adolescente aille de l'avant sans regarder derrière elle, l'auteur de *La place* et d'*Une femme* se pose nécessairement plus de questions. Pouvait-elle agir autrement ?

II. LE JUGEMENT DE LA NARRATRICE

Lorsque Annie Ernaux rédige ces deux livres, elle a depuis longtemps intégré la classe bourgeoise qui a cessé d'être pour elle un modèle admirable. Elle comprend désormais que sa trahison a été organisée, qu'on l'a manipulée pour la faire entrer dans un moule dont elle constate les défauts. Sans nier ce qu'il est convenu d'appeler l'aliénation ouvrière, elle tente une certaine réhabilitation, cherche des excuses et des valeurs positives, bref, amorce une réconciliation avec le monde de son enfance.

LA MISE EN ACCUSATION DE LA BOURGEOISIE

Le sacrifice des parents d'Annie Ernaux, qui ont accepté que leur fille suive d'autres valeurs que les leurs et s'écarte d'eux, suppose un dogme : « la conviction profonde que le savoir et les bonnes manières étaient la marque d'une excellence intérieure, innée » (*P*, p. 94). Assurés de leur infériorité sur le plan linguistique, de leur ignorance à la fois sur le plan des convenances et sur celui de la culture intellectuelle, ils en infèrent une indignité globale et mettent en doute leur valeur morale ou sentimentale. Parce qu'ils ont « une représentation idéale du monde intellectuel et bourgeois » (*P*, p. 92), il ne leur vient pas à l'idée d'enquêter discrètement sur le futur gendre, alors qu'ils auraient été plus circonspects à l'égard d'un ouvrier. Déçus peut-être secrètement d'être mis à l'écart, ils ne protestent cependant pas, victimes d'un complexe d'infériorité profond. Comme l'esclave, ils admettent leur condition d'inférieurs.

La narratrice émigre d'abord en bourgeoisie avec un ravissement craintif : la voici enfin reçue dans ce milieu d'élite. Éblouie par la politesse, confuse d'être mieux traitée qu'elle ne le mérite, la fille de l'épicier prend pour argent comptant les aimables façons des gens bien éduqués. Il lui faudra plusieurs années pour s'apercevoir « que ces questions posées avec l'air d'un intérêt pressant, ces sourires, n'avaient pas plus de sens que de manger bouche fermée ou de se moucher discrètement » (*P*, p. 72). La bourgeoisie n'est qu'un masque élégant : sous le vernis culturel se cache la même humanité médiocre que celle qu'affiche le monde ouvrier. Denise Lesur avait pris conscience tardivement du lien inéluctable entre niveau économique et bonnes manières. Songeant à ses parents, elle regrettait : « Je n'ai jamais pensé que les différences puissent venir de l'argent, je croyais que c'était inné, la propreté ou la crasse, le goût des belles affaires ou le laisser-aller. Les soûlographies, les boîtes de corned-beef, le papier accroché au clou près de la tinette, je croyais qu'ils avaient choisi, qu'ils étaient heureux » (*AV*, p. 97). La belle éducation, le respect des convenances ne sont donc qu'apparences trompeuses, piège dont *La femme gelée* a sondé la profondeur : égoïsme serein, bonne conscience à toute épreuve, exploitation souriante mais ferme. Par le biais du machisme, ce sont les tares constitutionnelles de la bourgeoisie qui se révèlent. Et l'auteur se laisse aller à la caricature vengeresse sur la personne de sa belle-mère (*F*, p. 70).

L'ampleur de la déception est proportionnelle aux espérances investies. Croyant accéder à une humanité supérieure, l'auteur a cédé à toutes les exigences bourgeoises, sacrifié à tous les rites initiatiques et c'est bien ce qui lui fait honte. Comme la petite sirène du conte d'Andersen qui veut se métamorphoser en belle jeune fille, l'enfant du peuple, pour accéder au statut bourgeois, doit s'amputer : « Je me suis pliée au désir du monde où je vis, qui s'efforce de vous faire oublier les souvenirs du monde d'en bas comme si c'était quelque chose de mauvais goût » (*P*, p. 73). Il lui a fallu humblement faire allégeance, ce contre quoi précisément *La place* proteste : « J'ai fini de mettre au jour l'héritage que j'ai dû déposer au seuil du monde bourgeois et cultivé quand j'y suis entrée » (*P*, p. 111).

Ainsi l'œuvre rétablit la vérité, revivifie la mémoire. Même si la narratrice constate : « Maintenant, je suis vraiment une bourgeoise » (*P*, p. 23), elle n'est plus tout à fait conforme au modèle : en se rappelant ce qu'elle a été, elle ne répond plus à la condition initiale : avoir « oublié les manières, les idées et les goûts » du peuple (*P*, p. 93). Elle ose désormais rédiger le portrait de son père, que, par autocensure, elle s'était toujours interdit à l'école (*P*, p. 69). Elle ne se gêne pas pour ridiculiser l'ultime examen (le CAPES pratique) qui l'installe à une place modeste mais reconnue. Cette cérémonie lui paraît même si fondamentale dans sa prise de conscience qu'elle en fait l'ouverture de *La place*. Il est vrai que, quand on constate à quel point l'école a influencé tout le comportement de la narratrice, accéder à un poste où elle mettrait toute son énergie à influencer à son tour d'autres enfants a dû lui paraître une insupportable trahison. Le malaise débouche sur l'ironie. Le « tribunal » semble ridiculement vaniteux, composé de « profs de lettres très confirmés ». Une comparse corrige « des copies avec hauteur ». Cette basse besogne de l'enseignement est un bien piètre idéal. Aussi, l'auteur persifle-t-elle en réduisant le résultat de l'examen à l'autorisation de noter des devoirs toute sa vie (*P*, p. 11). Comme Meursault, dans *L'étranger*, l'héroïne vit son examen de l'extérieur, sans se sentir concernée.

C'est le livre-phare que la jeune Anne de *Ce qu'ils disent ou rien* découvre avec éblouissement : « J'ai emprunté *L'étranger* à la bibli. Je ne me suis pas sortie du bouquin de la journée... je ne comprenais pas comment des mots pouvaient me faire autant d'effets... J'aurais bien voulu écrire des choses comme ça, ou bien vivre de cette façon-là, mais pour pouvoir l'écrire ensuite » (*CQDR*, p. 32 et 33).

Il est évident que Meursault, qui se sent étranger à lui-même, déplacé dans la société et à qui l'on fait un procès, moins parce qu'il a tué un Arabe que parce que son comportement — et notamment à l'enterrement de sa mère — ne suit pas les normes sociales, a des points communs avec la narratrice. On peut déceler dans le texte d'ouverture de *La place* des ressemblances avec le procès de *L'étranger*. Car Annie Ernaux tient à présenter le CAPES pratique comme le passage d'un accusé (finalement acquitté, mais qu'on surveillera de près) devant un tribunal. Tout examen, évidemment, pourrait être vu de cette façon, mais si Annie Ernaux se sent si proche de Meursault, c'est parce qu'elle éprouve comme lui la profondeur du malentendu qui sépare l'individu de la société. Le héros de *L'étranger* est accusé d'être un mauvais fils, alors que cette idée ne l'effleure pas. Annie Ernaux, qui paraît satisfaire à un rêve parental, se sent au contraire profondément coupable et considère cet examen comme l'ultime trahison de son milieu social. Approuvés ou condamnés sans raison, les deux héros éprouvent des sensations similaires d'absurdité, que confirme l'insignifiance du décor. L'un et l'autre attendent leur convocation, le premier « dans une petite pièce qui sentait l'ombre[1] » (p. 122), la seconde dans « une bibliothèque au sol en moquette sable » (*P*, p. 11). La « cour » est observée avec le même regard étonné : « Trois juges, deux en noir, le troisième en rouge, sont entrés avec des dossiers et ont marché très vite vers la tribune qui dominait la salle.

1. Les références renvoient à l'édition du Livre de poche.

L'homme en robe rouge s'est assis sur le fauteuil du milieu, a posé sa toque devant lui, essuyé son petit crâne chauve avec un mouchoir et déclaré que l'audience était ouverte » (p. 126). Fascinée, comme Meursault, par les couleurs, Annie Ernaux note : « Il [l'inspecteur] était assis entre les deux assesseurs, un homme et une femme myope avec des chaussures roses » (*P*, p. 12). Ces détails incongrus dénotent la comédie sociale.

Bourgeoise sans enthousiasme ni vanité, ayant même mauvaise conscience de l'être, la narratrice n'arrive cependant pas toujours à échapper aux travers de sa nouvelle classe. À Annecy, elle a bel et bien « glissé dans cette moitié du monde pour laquelle l'autre n'est qu'un décor » (*P*, p. 96). Sa profession même ne l'a pas sauvée de cette indifférence coupable. *La place* se ferme sur la constatation désabusée qu'un professeur oublie rapidement ses élèves et n'aura guère été utile à leur élévation intellectuelle.

Déçue par sa nouvelle « place », amère de s'être reniée pour si peu, Annie Ernaux retourne sa colère contre les véritables responsables de la situation : la soi-disant élite. L'avortement qui structurait *Les armoires vides* symbolisait alors ce rejet, comme le clamait Denise Lesur : « Et si c'était à cause... des bourgeois, des gens bien que je suis en train de m'extirper mes bouts d'humiliation du ventre, pour me justifier, me différencier, si toute l'histoire était fausse » (*AV*, p. 181). La solution facile serait dans ces conditions l'idéalisation attendrissante du peuple, la peinture émue du vrai bonheur.

LE REGARD LUCIDE PORTÉ SUR LE PEUPLE

Annie Ernaux résiste pourtant à cette tentation. Ce n'est pas parce qu'elle a été victime d'une illusion sur la classe dominante qu'elle va tomber dans le défaut inverse. Elle choisit courageusement d'affronter le déchirement : il lui fallait quitter le milieu de son enfance, même si elle n'a pas trouvé ailleurs ce qu'elle attendait. Pas de simplification anesthésiante ici.

Malgré l'absence de commentaires, la présentation des mœurs populaires n'est jamais totalement dépourvue de connotations dépréciatives. Le cadre socioculturel dans lequel son père a passé son enfance correspond pour la narratrice au Moyen Âge (*P*, p. 29). Elle ne considère pas le comportement religieux de sa famille paternelle comme motivé par une foi ardente, mais plutôt par la vanité (*P*, p. 28). On va à l'église pour faire comme les gens riches, on est enfant de chœur pour se mettre en valeur. La spiritualité paraît absente. Lorsque la mère se décide à « faire la guerre » à son mari « pour qu'il retourne à la messe, où il avait cessé d'aller au régiment », on n'a pas l'impression qu'elle songe à son salut éternel puisque, dans la même phrase, fréquenter l'église est mis en parallèle avec une deuxième exigence : « perdre ses mauvaises manières » (*P*, p. 43).

Si Annie Ernaux nous présente une religion populaire vidée de toute signification profonde, limitée à des supersititions et incluse tout entière dans des rites sociaux, c'est sans doute parce que, adoptant une analyse politique de gauche, elle tient à dénoncer l'« aliénation » (*P*, p. 54) ouvrière. Elle nous fait comprendre le raisonnement timoré de commerçants pour lesquels l'engagement politique, si mince soit-il, serait suicidaire (*P*, p. 42). Cette réserve assez lâche s'aggrave chez le père, paradoxalement, d'un manque d'ambition. Il se contente d'entretenir son modeste local, avec un navrant manque de perspicacité. En retard sur la mode, condamné à l'erreur, par naïveté, manque de goût.

Car Annie Ernaux ne croit pas au sens esthétique des gens du peuple. Elle les accuse de « désirer pour désirer, car ne pas savoir au fond ce qui est beau, ce qu'il faudrait aimer » (*P*, p. 58-59). À défaut des conseils d'un décorateur, on s'en remet au peintre ou au menuisier, par « indifférence aux choses » (*P*, p. 103). Ce que d'autres considéreraient comme une preuve de sagesse devient alors signe d'un manque de culture. Par contre, on la sent critique devant « la sacralisation obligée des choses » (*P*, p. 58), qui est pour elle une source de souvenirs désagréables : reproches pour une robe déchirée, une écharpe perdue. Le point commun de ces attitudes en apparence contradictoires n'est pourtant que le manque d'argent, qui donne de la valeur à l'indispensable qu'on a acheté et rejette comme frivoles les objets décoratifs qu'on acquerrait un à un. Est-ce tellement différent de chercher à s'entourer d'un « secrétaire

Louis-Philippe, [de] fauteuils de velours rouge » (*P*, p. 98) ? Le critère du bon goût est assez arbitraire et relève davantage de l'aisance financière, ce que l'auteur, lucide, ne peut se cacher : « Ils n'étaient pas indifférents au décor, mais ils avaient *besoin de vivre* » (*P*, p. 40).

À ces défauts majeurs, la narratrice ajoute l'alcoolisme, vice qui n'est certes pas spécifique au peuple mais prend là un aspect particulièrement sordide. On n'est pas très loin de *L'Assommoir* lorsque la tribu maternelle des D... nous est présentée : « Depuis longtemps, c'est l'alcool qui comblait leur creux de fureur, les hommes au café, les femmes chez elles » (*F*, p. 34). L'image traumatisante d'une tante qui, « sans pouvoir rien dire, oscill[e] sur place », reste gravée dans le souvenir de l'auteur (*F*, p. 35), de même que celle de sa mère, saoule à un repas de communion (*F*, p. 50). Comment d'ailleurs échapper à cette angoisse de la déchéance quand on vit dans un café, fréquenté par les vieux de l'hospice, si vite ivres ? Compréhensif à leur égard, le père disait : « Ils n'ont pas toujours été comme ça », sans pouvoir expliquer clairement pourquoi ils étaient devenus comme ça (*P*, p. 54). Sans doute est-ce encore plus angoissant : le gouffre de la déshumanisation a des contours imprécis. On y sombre sans bien s'en rendre compte, d'autant plus facilement qu'on est pauvre et déçu. Le grand-père paternel, lui aussi, « rentrait saoul, encore plus sombre » de sa tournée des cafés, le dimanche (*P*, p. 25). La spirale infernale misère-alcool-déchéance est présentée comme inéluctable.

L'insistance sur les aspects négatifs de la vie populaire passe par le refus d'« apprécier le *pittoresque du patois* » (*P*, p. 62). Trop impliquée elle-même, l'auteur ne se sent pas la force de dégager, à la façon de Proust[1], l'esthétique d'un parler qu'elle ne peut s'empêcher d'associer à l'humiliation. Elle refuse donc d'assumer un certain nombre d'expressions familières ou locales, parce qu'elles ont cessé d'être les siennes. Mais elle ne les élimine pas toutes non plus, « simplement parce que ces mots et ces phrases disent les limites et la couleur du monde où vécut [son] père » (*P*, p. 46). En un sens donc, ces locutions en italique servent à la couleur locale : ils deviennent un élément de la description sociologique. Mais alors on découvre une ambiguïté : un discours qui s'émaille ainsi d'expressions populaires ne chercherait-il pas à atteindre un certain pittoresque, à la façon de Maupassant ou de Zola qui utilisent des tournures argotiques pour assurer la véracité de leurs dialogues ? Une façon de prendre ses distances avec le monde décrit, alors que la narration se maintient dans les normes du beau langage.

1. Voir Dossier, p. 162.

Annie Ernaux refuse explicitement cette interprétation. Elle proteste avec fermeté : « Naturellement, aucun bonheur d'écrire », donc pas de plaisir à jouer avec les mots du passé. Elle déclare utiliser l'italique par fidélité, « non pour indiquer un double sens au lecteur et lui offrir le plaisir d'une complicité qu'[elle] refuse sous toutes ses formes, nostalgie, pathétique ou dérision » (*P*, p. 46). L'application de ce pacte ne va pourtant pas sans quelque difficulté pour le lecteur, tenté par l'interprétation satirique, ne serait-ce que par l'enchaînement des phrases. Par exemple, la description de la topographie de la demeure familiale s'achève sur cette constatation : « Les cabinets étaient dans la cour », dont les connotations donnent un écho moqueur à la phrase suivante qui répercute le jugement des parents : « On vivait enfin *au bon air* » (*P*, p. 52).

Comme le reconnaît l'épigraphe d'*Une femme*, la contradiction est au cœur des deux œuvres. La charge affective des mots est si intense qu'il est impossible de convoquer les souvenirs sans faire vibrer les résonances d'expressions clés, fort douloureuses parfois. Si Proust bâtit son évocation sur la saveur parfumée d'une madeleine trempée dans une tasse de thé, Annie Ernaux, elle, retrouve son enfance par le biais de phrases spécifiques qu'elle n'a plus jamais réentendues par la suite : « S'il t'arrive un malheur » (*F*, p. 62), « faire du tort » (*P*, p. 52). Noyau même du drame familial, le langage du peuple ne peut être ni observé avec le détachement d'un amateur de curiosités, ni éliminé. Constellant le texte, il doit être analysé comme répondant à un objectif sociologique totalement dépourvu de moquerie, alors que précisément l'adolescente ne se privait pas d'« annoncer » à son père, narquoise, que « se parterrer » n'existait pas (*P*, p. 64). Le meilleur moyen sans doute que l'auteur puisse utiliser pour désamorcer l'impression de caricature est alors de refuser pour elle-même les exigences du beau langage. La ligne de démarcation entre les citations et les termes assumés ne répond donc pas à des règles très cohérentes. Par exemple, dans *La place*, deux phrases de même niveau linguistique sont traitées différemment. L'une — « ils ont fait leur trou peu à peu » (*P*, p. 42) est assumée, l'autre — « elle lui *faisait la guerre* » (*P*, p. 43) — a exigé l'italique. On trouve même, énoncée sans la moindre distance, l'incorrection : « L'ardoise leur a paru la solution la moins pire » (*P*, p. 41). Quelle meilleure preuve du déchirement de l'auteur, écartelée entre ses deux mondes ?

UNE TENTATIVE DE RÉCONCILIATION

L'objectivité lucide qu'Annie Ernaux s'efforce d'adopter tant sur le monde bourgeois que sur le monde ouvrier lui a fait réviser un certain nombre des préjugés de sa jeunesse, sans que pourtant elle renie son désir d'élévation intellectuelle.

Se racheter, ce sera alors manifester, non des remords, mais des regrets. Se mettant désormais à adopter le point de vue de ses parents, elle dépasse les jugements superficiels. Certes, elle aurait bien aimé avoir des parents plus valorisants et a souffert de leur infériorité, mais eux-mêmes, n'auraient-ils pas « peut-être préféré avoir une autre fille »

(*P*, p. 82) ? Ont-ils été si fiers que cela de ses succès scolaires ? Distinguant désormais entre les désirs conscients de promotion sociale et le souhait profond d'avoir un enfant avec lequel on puisse communiquer, Annie Ernaux comprend la souffrance d'un père qui « avait PEUT-ÊTRE LE DÉSIR qu'[elle] n'y arrive pas » (*P*, p. 80).

Psychologiquement plus proche de parents dont elle perçoit la douleur, elle se rachète aussi d'une façon subtile en appliquant aux idées de l'adolescente les mêmes modulateurs d'expression qu'à celles de sa famille. Lorsqu'elle explique son revirement, ce sont les mots par lesquels elle jugeait le milieu populaire qui sont soulignés par l'italique : « Tout ce que j'aimais me semble *péquenot*... Les idées de mon milieu me paraissent ridicules, des *préjugés*... Je lisais la *vraie* littérature » (*P*, p. 79). La distance s'accroît par l'emploi des verbes « sembler » et « paraître ». Le jugement n'est plus entièrement accepté, il y a déchirement : « voie étroite, en écrivant, entre la réhabilitation d'un mode de vie considéré comme inférieur, et la dénonciation de l'aliénation qui l'accompagne » (*P*, p. 54).

« Une vie soumise à la nécessité »

Faute de véritablement réhabiliter le monde ouvrier, Annie Ernaux tente du moins de le comprendre, de lui trouver des circonstances atténuantes et même une certaine dignité. En se mettant à la place de ce père avec lequel elle n'arrivait plus à communiquer, la narratrice comprend qu'il est d'abord lui-même victime d'un enchaînement inexorable. Quand elle retrace son enfance, elle démontre qu'il ne pouvait s'en sortir autrement : fils d'un père violent, analphabète, victime lui aussi de la misère, il part dans la vie avec des handicaps inimaginables aujourd'hui : fréquentant l'école seulement lorsqu'on n'a pas besoin de lui à la ferme, le père a vu ses études interrompues en cours d'année scolaire ; la vie active à douze ans, parce qu'« on ne pouvait plus le nourrir à rien faire » (*P*, p. 30). Endoctriné par des cours de morale qui associent vertu et résignation, il subit le rythme de travail écrasant de l'ouvrier agricole, limitant ses revendications à celles des autres vachers : ne plus être « traités comme des chiens » (*P*, p. 32). Paradoxalement, c'est la Première Guerre mondiale qui lui a permis de sortir de ce servage. Mais il n'est pas parti à la grande ville (Rouen, Le Havre) qui, pense l'auteur, aurait accéléré le processus de libération : il était déjà trop tard pour lui : « Il manquait de culot : huit ans de bêtes et de plaines » (*P*, p. 45). Sa femme aura l'audace de se lancer dans le commerce ; lui ne se sent pas à sa place en patron, habitué à son bleu de travail, gardant le goût du labeur manuel. Construire, modifier sans cesse les dépendances, c'est sans doute ce qui lui plaît le mieux, ce par quoi il se réalise et démontre ses aptitudes. Un artisan manqué en somme. Quand on lui présente son futur gendre, il tient à lui faire admirer son œuvre, convaincu que le meilleur de lui réside dans ces constructions solides, signes de son utilité. Manquant à la fois d'argent et de formation professionnelle, il lui était difficile de franchir plus d'étapes de la réussite sociale qu'il ne l'a fait. Le mythe du petit ouvrier devenu PDG d'une société multinationale ne se vérifie que sur des exceptions. Pour l'écrasante majorité des gens, il est seulement une accusation de plus : celle d'être incapables de vaincre le destin.

Resté paysan dans l'âme, critiqué régulièrement pour cela par sa femme — « C'est un homme de la campagne, que voulez-vous », regrette-t-elle (*P*, p. 67), il a pourtant accompli socialement un trajet remarquable : fils d'ouvrier agricole, le voilà propriétaire d'un commerce et des murs. En ce sens, Annie Ernaux a bien été sa fille, elle qui a poursuivi l'évolution et a mené la famille du grand-père analphabète à la petite-fille écrivain.

Si, pour son père, l'auteur a voulu « rendre compte d'une vie soumise à la nécessité » (*P*, p. 24), ce qui excuse les défaillances, de même, pour comprendre sa mère, elle a cherché à reconstituer le réseau d'influences qui l'ont façonnée. Elle découvre alors à quel point l'inculture et la pauvreté sont de terribles amplificateurs de traits de caractère personnels. Un peu passif par tempérament, le père s'est laissé enliser par la vie. Violente et orgueilleuse, la mère s'est durcie en une femme autoritaire et agressive. Annie Ernaux, rappelant la misère de la Vallée où ses parents viennent de s'installer, comprend : « C'est ici qu'elle a dû devenir elle, avec ce visage, ces goûts et ces façons d'être, que j'ai cru longtemps avoir toujours été les siens » (*F*, p. 40). Elle s'efforce dans ces conditions de dégager « la signification générale » du destin de cette femme (*F*, p. 52) qui n'avait d'autre solution que de s'investir à fond dans un travail de tous les instants. Impossible pour cette mère de tenir bourgeoisement sa maison, sa famille, de recevoir. Certaines activités n'ont plus aucun sens, lorsqu'on se bat pour sa survie. Ensuite, le pli est pris. Revenir à plus de sérénité est une chimère, d'autant plus que son petit commerce est menacé par le modernisme. Tant de soucis finissent par aigrir ; la mère de la narratrice présentait, nous dit-elle, « un visage souvent contrarié quand elle n'était plus obligée de sourire aux clients. Une tendance à se servir d'un incident ou d'une réflexion anodine pour épuiser sa colère contre leurs conditions de vie » (*F*, p. 59). Cette agressivité n'est plus, aux yeux de l'écrivain, que l'inévitable revers d'une combativité farouche qui démontrera encore son efficacité au moment de l'accident de voiture dont a été victime la mère. Une dernière trace de cette force subsistera dans l'invincible amour de la vie dont fait preuve la vieille femme, privée de ses facultés, à l'hospice.

Pour Annie Ernaux, reconstituer, maillon après maillon, la chaîne du destin de ses parents, c'est à la fois les comprendre et les accepter : ils ne pouvaient se comporter différemment. Eux seuls savent vraiment ce qu'est « l'expérience des limites[1] ».

1. Voir Dossier, p. 168.

Mieux encore, la narratrice leur reconnaît d'évidentes qualités d'ordre moral. « Ni feignant, ni buveur, ni noceur » (*P*, p. 35), le père constitue un solide repère de conduite. Généreux avec sa belle-famille, il aurait honte cependant de passer pour riche. Simple et vrai, il met sa dignité à tenir « sa place », sans déranger personne, à désamorcer le « qu'en-dira-t-on » qui est pour lui le maître pointilleux des réputations (*P*, p. 61). Patron honnête, mari fidèle, il sait également dépasser cette morale somme toute négative de ceux qui se contentent de ne pas mal agir. Pendant la guerre, il s'est métamorphosé en « héros du ravitaillement » (*P*, p. 49). Indifférent aux risques de bombardements, il sillonnait la campagne normande à vélo, traînant dans une remorque des victuailles que personne ne voulait plus livrer. Pour bien éliminer toute interprétation malveillante d'une action qu'on pourrait croire lucrative, Annie Ernaux précise qu'« il quémand[ait] des suppléments pour les vieux, les familles nombreuses, tous ceux qui étaient au-dessous du marché noir » (*P*, p. 49). Comme l'épicerie ne refuse pas le crédit aux plus pauvres, le couple joue un rôle valorisant : il atténue les injustices sociales. L'image maternelle dans *Les armoires vides*, s'enrichissait même d'une dimension inattendue : celle d'une dame de bienfaisance qui visitait tous les dimanches « les manants, ceux à qui on a fait crédit des mois et des mois, qui ont des maladies, des pieds ou des bras en moins » (*AV*, p. 40), et leur apportait « du café, des biscuits, un flacon de calva » (*AV*, p. 42). Nettement au-dessus des plus pauvres, eux qui sont propriétaires du commerce et des murs, les parents d'Annie Ernaux ont su éviter la dureté de cœur des arrivistes et ne doivent en aucun cas leur relative réussite à des actions malhonnêtes. La comparaison avec la déchéance de la tribu des D... permet de mesurer les qualités dont ils ont dû faire preuve pour se hisser à leur modeste niveau.

Traditionnellement, les adultes dont l'enfance a été déchirée entre deux cultures s'efforcent de restituer la saveur de celle qu'ils ont délaissée. Jakez Hélias s'est fait le défenseur lyrique des traditions de sa Bretagne natale. Annie Ernaux refuse cette solution qu'elle juge, dans le cas de son père, hypocrite : « Mon père travaillait la terre des autres, il n'en a pas vu la beauté, la splendeur de la Terre-Mère et autres mythes lui ont échappé » (*P*, p. 33). Elle balaie donc d'un trait le rapport poétique et complexe d'un paysan avec la nature — champs et bêtes —, convaincue qu'il ne peut concerner un ouvrier agricole. N'est-ce pas trop accorder à la notion de propriété ? Même l'activité incessante d'un manœuvre surmené n'exclut pas la sensibilité à l'harmonie du monde. Si l'auteur se montre aussi catégorique, sans doute est-ce parce qu'il aurait été de mauvais aloi, pour des ouvriers dont l'ambition était de cacher leur origine paysanne, de manifester leur attachement à la terre. De surcroît mère et fille, par leur désir d'aller de l'avant vers le progrès et la nouveauté, n'encourageaient guère une expansion du père à ce sujet. Pourtant, de son passé paysan le cafetier d'Yvetot garde des admirations — « Il s'arrêtait devant un beau jardin, des arbres en fleur, une ruche » —, qu'il compense en admirant aussi « les constructions immenses, les grands travaux modernes » (*P*, p. 65). Le jardinage lui fournit des satisfactions d'orgueil, et il a conservé les savoirs et les réflexes d'un monde rural : « Il reconnaissait les oiseaux à leur chant et regardait le ciel chaque soir pour savoir le temps qu'il ferait » (*P*, p. 67). Si sa fille n'a pas gardé plus de souvenirs de cette culture paysanne, la raison tient en grande partie à la pudeur d'un homme pour qui « l'émotion qu'on éprouve... devant des paysages n'était pas un sujet de conversation » (*P*, p. 65). Il est donc logique de ne pas trouver dans *La place* et encore moins dans *Une femme* des références attendries à des coutumes agricoles que l'auteur elle-même n'a jamais connues et que l'évolution sociale de ses parents leur faisait considérer comme arriérées. Annie Ernaux se contente de reconnaître à son père un goût et des compétences. Mais le dialogue n'a pas eu le temps de se renouer avant que la mort fasse son œuvre. Le père, mieux compris, mieux aimé, reconnu à sa juste valeur, reste à distance, effacé, parfois même dans *La place*, l'œuvre qui lui est consacrée, par la forte personnalité de la mère.

Avec celle-ci, au contraire, Annie Ernaux se sent vraiment réconciliée, comme le démontrent les dernières pages d'*Une femme* qui soulignent l'influence positive que celle-ci a exercée sur la vie de sa fille.

Un magazine féminin, *Prima*, a publié en mai 1992, au moment de la fête des Mères, ce bref article d'Annie Ernaux : « La personne la plus importante de ma vie a été ma mère, d'abord par le modèle qu'elle m'a offert. C'était une femme très forte, une vraie personnalité. D'origine populaire, cette ouvrière, commerçante ensuite, m'a ouvert une voie qui n'était pas évidente pour une femme : poursuivre des études et se faire une place dans le monde. Elle aimait beaucoup lire et trouvait tout à fait normal que j'aie envie d'écrire. Son plus grand bonheur a été certainement de voir mon premier livre publié.

« C'était aussi un modèle de responsabilité. Grâce à elle, je me suis sentie très vite autonome, ce qui ne veut pas dire insensible... Ma mère ressemblait à celle de Colette. Elle adorait la vie, détestait les travaux d'intérieur. Nous faisions ensemble de grandes marches dans la campagne, et je l'accompagnais en ville, où elle aimait aller. J'étais pour elle la compagne idéale.

« Il faut dire que, fille unique, j'ai reçu de plein fouet son influence. Il y avait entre nous une symbiose très forte. Elle m'a donné confiance en moi. En même temps, c'est un modèle que j'ai complètement refusé à l'adolescence, parce que je ne la trouvais pas assez féminine. Aujourd'hui encore, je me dis très souvent que je ne serais pas devenue ce que je suis si je ne l'avais pas eue. »

Les deux livres opèrent donc une incontestable réconciliation dans la mesure où l'auteur reconnaît à ses parents des qualités personnelles, courage et générosité, et admet qu'ils n'avaient guère de responsabilités dans le drame de son enfance, privés qu'ils étaient de liberté d'action. Elle n'a pas non plus à regretter sa propre évolution, qu'elle juge inévitable. Contrainte comme eux d'aller de l'avant, elle n'a pas répondu à toutes leurs attentes, de surcroît contradictoires : rester proche d'eux, tout en étant mieux qu'eux. Fidèle à la direction de leur vie, elle prolonge leur évolution sociale. L'amertume de l'auteur vient plutôt du fait qu'elle n'a pas trouvé dans la bourgeoisie l'épanouissement espéré. Humiliée que tant de sacrifices aient si peu servi, la narratrice se sauve comme ses parents l'ont fait : par la dignité. Écrire ces livres participe à sa dignité. Elle revendique sa différence et ses origines au lieu de les masquer hypocritement. Déchirée, elle veut garder sa culture bourgeoise sans adopter les dédains de cette classe sociale.

CONCLUSION

Après avoir longtemps cherché un mode d'expression qui lui permette d'atteindre en plein cœur son douloureux passé d'adolescente déchirée entre deux cultures, deux univers, et forcée à renier, en l'enfouissant au plus profond de sa mémoire, le monde tendre et modeste mais humiliant de son enfance, Annie Ernaux s'est décidée à abandonner les masques trop conventionnels du roman autobiographique. Ses héroïnes, clamant agressivement leur douleur, ne parvenaient pas à sortir de leur monologuc intérieur et, prisonnières de leur révolte, ne réussissaient pas à trouver de solution au conflit.

La place et *Une femme* sont donc le point d'orgue de cette thématique familiale : l'expression enfin trouvée qui résout les contradictions et apaise la conscience. Biographies assez objectives pour qu'on puisse adopter un mode de lecture sociologique, autobiographies discrètement décalées qui effacent cette fois le personnage ambigu de l'adolescente, ses préjugés comme ses vanités, au profit d'un écrivain, narrateur lucide qui a su prendre ses distances et dédramatiser par ses analyses les souvenirs traumatisants, les deux œuvres affirment la volonté d'expier les trahisons passées sans renier cependant une évolution jugée encore inéluctable. En parfaite cohérence avec cet objectif, l'écriture se fait la plus neutre possible, fuyant la rhétorique comme la vulgarité, adhérant, en petites phrases sèches souvent dépourvues de verbes, à ces vies que la dure exploitation capitaliste a maintenues dans le registre limité des réflexes défensifs et de la routine quotidienne.

Ces récits sobres et dépouillés constituent une sorte d'auto-analyse qui règle définitivement en les mettant au jour les conflits intérieurs. Décantés, purifiés, les souvenirs perdent à jamais leur venin. Annie Ernaux refuse dans *Une femme* de revenir sur la mort du père : « Je ne peux pas décrire ces moments parce que je l'ai déjà fait dans un autre livre, c'est-à-dire qu'il n'y aura jamais aucun autre récit possible, avec d'autres mots, un autre ordre des phrases. » C'est la raison pour laquelle on ne l'imagine pas participant à l'ouvrage de Marcel Bisiaux et Catherine Jajolet intitulé *À ma mère*[1] qui regroupe les témoignages de soixante écrivains ayant accepté de parler de leur mère. Ni Arrabal ni Bazin ni Marguerite Duras n'ont épuisé leur désir de s'épancher à ce sujet, quoique leur œuvre soit marquée fortement par la présence maternelle. Annie Ernaux, avec *La place* et *Une femme*, semble avoir édifié le mausolée définitif consacré à ses parents, seul lieu où il lui soit désormais possible de visiter sa mémoire.

1. Éditions Pierre Horay.

Le signe le plus manifeste de cette libération est l'absence sereine de référence à l'adolescence dans le récit publié en janvier 1992 par Annie Ernaux. *Passion simple* poursuit certes la quête d'identité par la réflexion autobiographique et l'analyse du vécu objectif. La forme inventée dans *La place* et *Une femme :* brefs alinéas évoquant le passé, entrecoupés de méditations sur le présent de l'écrivain, est utilisée une troisième fois. On retrouve dans la narratrice la fougue amoureuse des héroïnes des *Armoires vides* et de *Ce qu'ils disent ou rien.* Cette identité est même utilisée comme un moyen thérapeutique. Retourner sur les lieux de l'avortement mentionné dans *Les armoires vides*, c'est « espérer confusément qu'une ancienne douleur puisse neutraliser l'actuelle » (*PS*, p. 64), « renouer avec une déréliction dont l'origine était aussi un homme » (*PS*, p. 65). Mais dans *Passion simple* pour la première fois, il n'est plus question de son complexe d'infériorité, ni de ses parents. L'écriture, qui a si bien cicatrisé la vieille blessure de la jeunesse, est alors appelée à guérir la narratrice des séquelles d'un amour mal partagé ; Décrivant cette aliénation consentie, Annie Ernaux n'éprouve plus aucune honte à signaler que des chansons populaires la bouleversaient, qu'il lui arrivait d'avoir recours aux horoscopes des journaux féminins. Ayant compris, pour l'avoir vécu, « de quoi on peut être capable, autant dire de tout » (*PS*, p. 76), elle se sent disposée à plus d'indulgence. Cette expérience a achevé de la détacher de son implacable adolescence. Elle se compare « avec une profonde satisfaction » (*PS*, p. 30) aux voisines adultères de son quartier d'autrefois à Yvetot. Déculpabilisée, elle peut désormais écrire : « Peut-être avais-je plaisir à retrouver en A... la partie la plus " parvenue " de moi-même » (*PS*, p. 33). Il lui est également indifférent d'avouer qu'elle a recopié la liste des voyantes disponible sur minitel : « Je ne voyais pas pourquoi je n'en serais pas venue là » (*PS*, p. 53). Il ne lui est plus fondamental d'affirmer sa coupure avec son passé populaire ; elle a enfin renoué ses deux existences, dissous la contradiction. Elle rêve certes qu'elle se disputait avec sa mère (*PS*, p. 59), car son obsession de femme passionnée est de renverser le cours du temps pour répéter indéfiniment les moments heureux et cette idée fixe génère des retours imprévus d'un passé plus lointain, mais cette fois inoffensif.

Comparant son amour à un « texte vivant », elle caractérise le récit qu'elle écrit comme n'en étant « que le résidu »

(*PS*, p. 69). L'ensemble de son œuvre paraît s'élaborer à la façon d'une perle défensive qu'un esprit replié dans sa coquille éprouve l'impérieuse nécessité de produire.

Mais le *Journal du dehors* prouve qu'Annie Ernaux sait aussi faire abstraction de ses soucis personnels. Pratiquant toujours la technique du fragment, elle élargit dans cette nouvelle œuvre les objectifs de ses observations de la vie quotidienne. *La place* les mentionne déjà (*P*, p. 100) comme une méthode pour réactiver la mémoire et faire resurgir la figure du père. Elles restent encore le code d'accès à une existence passée, à une histoire personnelle (*JD*, p. 106-107), mais elles sondent désormais en priorité les failles de notre société, qui multiplie les marginaux de toutes sortes. Moqueur sur la vie culturelle parisienne par trop élitiste ou sur les petits-bourgeois vaniteux, le regard de l'écrivain consacre surtout son acuité aux employés de commerce (comme à la fin de *La place*) ou aux plus humbles : mendiants, clochards. Angoissé devant l'injustice, ému par le désarroi des faibles, le *Journal du dehors*, est l'ultime « rachat » de l'écrivain, offert à ceux qui, comme son père, sont des victimes. Plus effacée que dans les œuvres précédentes, la narratrice finit par se faire transparente et c'est alors la vérité du monde qui nous saisit.

DOSSIER

I. BIOGRAPHIE

Réalisée en accord avec Annie Ernaux, cette notice biographique permet de dater avec précision les événements mentionnés dans *La place* et *Une femme* et de suivre le déroulement de sa carrière professionnelle et littéraire. On y chercherait en vain des indiscrétions sur sa vie privée.

1899 Naissance du père d'Annie Ernaux : A... D...

1906 Naissance de la mère : B... D...

1928 Mariage des parents.

1931 Achat du café-alimentation de Lillebonne.

1932 6 février : naissance de la sœur d'Annie Ernaux.

1938 14 avril : mort de ce premier enfant du couple.

1940 1er septembre : naissance d'Annie Ernaux.

1945 Retour des parents à Yvetot. Achat du café-alimentation de la rue Clos-des-Parts.

1964 Annie D... devient par mariage Annie Ernaux. Naissance de son premier enfant : Éric.

1967 25 avril : succès à l'épreuve pratique du CAPES (l'épreuve théorique ayant été obtenue en 1966).
25 juin : mort du père.
Septembre : poste de professeur au lycée Bonneville en Haute-Savoie.

1968 Naissance du second enfant : David.

1969 Poste de professeur dans un CES d'Annecy.

1970 La mère vend son fonds de commerce et s'installe chez ses enfants à Annecy.

1971	Succès à l'agrégation de lettres modernes.
1972-1973	Rédaction des *Armoires vides* (fin le 30 septembre).
1974	Mars : publication des *Armoires vides*.
1975	Juillet : déménagement de la famille, qui quitte Annecy, pour Cergy ; poste de professeur dans un CES de Pontoise.
1976	Janvier : la mère retourne habiter Yvetot. Pendant l'été, rédaction de *Ce qu'ils disent ou rien* (achevé en octobre et dédié aux « salopiots, Éric et David »).
1977	Publication de *Ce qu'ils disent ou rien.* Poste de professeur au CNTE (centre d'enseignement par correspondance qui prendra le nom de CNED), dans la section de l'enseignement supérieur.
1978-1979	Rédaction de *La femme gelée*.
1979	Décembre : accident de la mère sur la RN 15 à Yvetot.
1981	Mars : publication de *La femme gelée*.
1982	Novembre : début de la rédaction de *La place*.
1983	Juin : fin de la rédaction de *La place*. Septembre : la mère, diminuée, revient vivre chez sa fille.
1984	Janvier : publication de *La place*. Fin février : la mère entre au service de gériatrie de l'hôpital de Pontoise. 12 novembre : attribution du prix Renaudot à *La place*. Octobre : *Les armoires vides* éditées en collection Folio.
1986	7 avril : mort de la mère. Début de la rédaction d'*Une femme*.

1987 Février : fin de la rédaction d'*Une femme* ; *La femme gelée* en Folio.

1988 Janvier : publication d'*Une femme.*

1989 *Ce qu'ils disent ou rien* en Folio.

1990 *Une femme* en Folio.

1992 14 janvier : sortie en librairie de *Passion simple*.

1993 2 avril : publication de *Journal du dehors*.

II. ÉCLAIRCISSEMENTS

I. ÉCLAIRCISSEMENTS SOCIOCULTURELS

La place et *Une femme* contiennent de nombreuses allusions à la vie quotidienne des années 1940-1950. Leur précision, nécessaire à l'objectif sociologique des récits, pose parfois un problème au lecteur actuel. Les références les plus nombreuses concernent la vie culturelle des milieux populaires : nous donnerons donc successivement des informations sur un ouvrage de base : *Le tour de la France par deux enfants*, puis sur la presse, le théâtre, les romans et les chansons mentionnés dans les deux récits.

A. RÉFÉRENCES POPULAIRES

Le tour de la France par deux enfants

• « Un célèbre manuel scolaire : *Le tour de la France par deux enfants* » (*P*, p. 30-31) :

Rédigé par G. Bruno, pseudonyme de la femme d'un universitaire, sous-titré « Devoir et patrie », ce « livre de lecture courante (avec 212 gravures instructives pour les leçons de choses et 19 cartes géographiques) » s'adresse aux élèves du cours moyen (Librairie classique E. Belin). Cette bible de l'enseignement primaire de la IIIe République fut éditée pour la première fois en 1877, moins de dix ans après l'humiliante défaite qui privait la France de l'Alsace et de la Lorraine. La postface de l'édition actuelle signale qu'en 1887 3 millions d'exemplaires avaient déjà été vendus. Cette diffusion prodigieuse se poursuivit au rythme moyen de 200 000 exemplaires par an jusqu'en 1901, où 6 millions de manuels avaient été achetés. Le nombre des lecteurs était encore plus grand puisque souvent l'ouvrage était acquis par l'école qui le prêtait chaque année à de nouveaux élèves. Les ventes culminent en 1914 à 7 400 000 ; il se maintiendra longtemps encore dans les bibliothèques scolaires puisque Annie Ernaux cite le livre qu'elle a elle-même utilisé en CM2, au pensionnat Saint-Michel. Il s'agit de l'édition restituant le texte primitif de 1877, car, à partir de 1906, coexistent deux versions : l'une pour les écoles publiques, soigneusement expurgée de toute allusion à la religion et à Dieu, l'autre, pour les écoles privées, conservant l'optique catholique de 1877.

Le livre raconte les pérégrinations de deux frères, André, quatorze ans, et Julien, sept ans, orphelins lorrains, qui parcourent la France à la recherche de leur oncle. Leurs étapes sont autant d'occasions de leçons d'histoire, de géographie, de sciences naturelles, et leurs aventures servent à l'édification morale des jeunes lecteurs.

Annie Ernaux, par le choix et le montage des citations, vise à souligner les manœuvres aliénantes d'une société bourgeoise qui impose aux humbles une morale qu'elle ne suit pas. « Ce qu'il y a de plus beau au monde, c'est la charité du pauvre » (*Le tour*..., p. 11), placé en exergue du chapitre 4, en donne la leçon : c'est à la femme d'un sabotier de sacrifier une part de ses modestes économies pour aider les héros.

« Ce qu'il y a de plus heureux dans la richesse, c'est qu'elle permet de soulager la misère d'autrui » (*Le tour,* p. 130), maxime grammaticalement symétrique de la précédente, joue sur un paradoxe : on ne gagne pas de l'argent égoïstement mais dans un but social ; donc les riches protègent les pauvres. Cet aphorisme tire la morale de la vie du chirurgien Dupuytren : « On le demandait partout à la fois, chez les riches comme chez les pauvres ; mais lui, qui se souvenait d'avoir été pauvre, prodiguait également ses soins aux uns et aux autres. Il partageait en deux sa journée : le matin soignant les pauvres qui ne le payaient point, le soir allant visiter les riches, qui lui donnaient leur or. Il mourut comblé de richesses et d'honneurs et il légua 200 000 francs à l'École de médecine pour faire avancer la science à laquelle il a consacré sa vie. » On peut constater un certain décalage entre le dévouement de ce médecin et la maxime initiale : il ne s'agit pas d'un philanthrope distribuant sa fortune. En fait, Dupuytren fait ici payer par les riches les soins qu'il donne aux pauvres ; ses journées ont un solde fort positif comme le démontre le bel héritage qu'il laisse. C'est à la science qu'il se dévoue, il soulage professionnellement la misère et en tire des satisfactions de vanité : « les honneurs ».

Tout en prêchant une relative ambition, basée sur les justes fruits du savoir et du travail, le livre insiste sur les obstacles à vaincre, et la nécessaire résignation aux contretemps. Les chapitres 43 et 44 racontent la déception des deux héros qui apprennent à Marseille que leur oncle est parti pour Bordeaux. Avant de reprendre la route, l'aîné explique sentencieusement à son petit frère : « J'ai pris la grande résolution de devenir persévérant, de ne plus me décourager à chaque traverse nouvelle et d'être toujours content de mon sort. » Au passage, relevons l'épigraphe : « Le pauvre peut aider le pauvre aussi bien et souvent mieux que le riche. » On comprend alors l'ironie d'Annie Ernaux parlant de « sublime à l'usage des enfants pauvres ».

« Une famille unie par l'affection possède la meilleure des richesses » sert d'épigraphe au chapitre 102. Les deux enfants et leur oncle viennent d'être sauvés par un navire à vapeur après deux jours de dérive sur un canot dans lequel ils étaient montés après le naufrage du bateau qui les conduisait à Calais. Ils ont donc tout perdu. La maxime leur offre une consolation qui a l'avantage de ne pas coûter cher à la société.

La plus longue citation qu'Annie Ernaux emprunte au *Tour de la France par deux enfants* est extraite du chapitre 63. Julien et André sont ici en compagnie de M. Gertal, commerçant ambulant qui s'est chargé d'eux de Besançon à Saint-Étienne, à condition que le plus jeune fasse les commissions et que l'aîné soit son commis. Ils voyageront gratis mais ne toucheront aucun salaire. Modèle du patron âpre et paternaliste, M. Gertal renseigne ses jeunes employés sur l'économie des régions visitées et les fait travailler un peu pour leur propre compte. Au chapitre 63, ils découvrent qu'en achetant ici et en revendant là poulardes, couteaux et dentelles, ils ont doublé leur pécule. Leur patron tire alors la leçon de cette expérience en condamnant l'inactif, présenté comme responsable de sa misère. On en déduit fallacieusement que l'homme actif progresse.

Ces maximes et recommandations paraissent « étranges » à Annie Ernaux qui, faussement naïve, proteste contre le conditionnement de la classe ouvrière à qui l'école donne pour exclusif idéal la trilogie bourgeoise : travail, famille, patrie.

La presse

• *L'almanach Vermot* (*P*, p. 33) :

Créé en 1886 par Joseph Vermot, libraire-éditeur, ce très célèbre calendrier à la couverture rouge consacre une page à chaque jour de l'année : rythmes solaires et lunaires, horoscopes, dictons météorologiques, records étonnants, conseils pratiques. Cet almanach se distingue des autres par une surabondance d'« histoires drôles », illustrées ou non, de contrepèteries et jeux de mots. Le père d'Annie Ernaux a connu dans son adolescence agricole cet almanach qui correspond si bien à sa passion du jardinage et à son goût pour « les plaisanteries rodées, “ c'est le tort chez moi, à demain chef, à deux pieds ” » (*P*, p. 76). Bernard Alexandre mentionne pour le pays de Caux l'almanach concurrent : le Mathieu Lensberg (*Le horsain*, p. 136). Queneau, dans *Zazie dans le métro*, confirme la spécificité humoristique de l'almanach Vermot (Folio, p. 13 et 172). Signalons qu'il est toujours diffusé.

• *Paris-Normandie* (*P*, p. 83) :

Lecture quotidienne et quasi exclusive du père dans toutes les œuvres d'Annie Ernaux, ce journal de la Haute-Normandie et du Calvados (à l'époque de *La place* du moins) fait partie de cette puissante presse locale dont le succès repose sur un dosage subtil d'informations générales, présentées le plus souvent dans une optique prudemment légitimiste, et de reportages locaux tant sur les faits divers que sur les fêtes de quartier ou d'école, les réunions des associations ou les inaugurations municipales. Après la guerre, *Paris-Normandie* fut dirigé par un patron de presse prestigieux : Pierre-René Wolf.

• *Le Courrier cauchois :*

Cet hebdomadaire du pays de Caux est « le journal local [qui] avait une chronique normande pour amuser les lecteurs » (*P*, p. 62). Annie Ernaux m'a précisé qu'on l'appelait chez elle « le petit menteur ».

• *Le Petit Écho de la mode* (*F*, p. 30, etc.) :

Très célèbre hebdomadaire féminin qui vise les lectrices des classes moyennes. La mode présentée, les patrons proposés, tout renvoie à une élégance abordable. Tentée par les corsets miraculeux ou les crèmes de beauté, l'abonnée du magazine cherche également des modèles de tricot pour sa famille, des recettes de confiture ou des propositions de menus. Et, comme en toute ménagère sommeille une Bovary, *Le Petit Écho de la mode* déroule son feuilleton sentimental, décline à tous les cas les platitudes du courrier du cœur et y va même de son petit article moralisateur (par exemple : « Comment aimer son gendre : méthode en dix recettes »). L'hebdomadaire n'a pas résisté à l'évolution des mentalités féminines dans les années quatre-vingt.

• *La mode du jour* (*F*, p. 49) :

Disparu dans les années soixante, cet hebdomadaire féminin ne présentait guère de différences avec *Le Petit Écho de la mode*.

• *Confidences* (*F*, p. 49) :

Très lu dans les milieux populaires, ce magazine féminin comporte les traditionnelles rubriques : courrier du cœur, horoscope, trucs ménagers, mais il s'est spécialisé dans les nouvelles ou les feuilletons sentimentaux. Avec les progrès de la technique, les romans-photos ont remplacé peu à peu les récits rédigés. De plus, pour corser l'émotion, les lecteurs sont sollicités pour donner leur avis sur « un problème humain », par exemple conseiller la femme qui hésite à épouser un homme qui a la charge d'une petite fille.

• *Le Hérisson* (*F*, p. 58) :

Hebdomadaire satirique, créé en 1936. Axé sur les plaisanteries grivoises, des chroniques de chansonniers amateurs de calembours, il faisait ainsi sa publicité : « L'actualité souriante, des dizaines de dessins humoristiques, quatre pages de jeux et de mots croisés, une chronique santé-beauté réputée. »

Le théâtre

• *Roger la Honte* de Jules Mary (*F*, p. 33) :

Ce romancier populaire (1851-1922) voit certaines de ses œuvres adaptées à la scène. Parmi ses mélodrames, *Roger la Honte*, son plus grand succès, développe une intrigue assez proche du

Comte de Monte-Cristo de Dumas : le personnage central se venge de la société. Parmi ses autres pièces : *La pocharde* (1898), *L'enfant des fortifs*, *La gueuse* (1911), *Le régiment*.

• *Le maître de forges* de G. Ohnet (*F*, p. 33) :

Petit-fils du célèbre docteur Blanche, ce journaliste (1848-1918) débute au théâtre avec *Regina Scarpi* en 1875. Ses nombreux romans lui valent d'être couronné par l'Académie française (*Le maître de forges*, 1882, *La comtesse Sarah*, 1883, *Lise Fleuron*, 1884, *Un brasseur d'affaires*, 1901). Ohnet porte à la scène avec un égal succès quelques-uns de ses romans : *Le maître de forges* lui vaut un véritable triomphe. Ce drame bourgeois bien-pensant développe le poncif d'un amour plus fort que les antagonismes sociaux. On y voit un industriel d'origine modeste se faire aimer, à force de ténacité et de mérite, d'une jeune fille de l'aristocratie.

Les romans

• Delly (*F*, p. 41) :

Sous ce pseudonyme, un infirme et sa sœur : Frédéric (1876-1949) et Marie (1875-1947) Petit Jean de La Rosière ont rédigé plus de cent romans où l'apparente variété des situations : meurtres, séquestrations, espionnage, déguisements, recouvre un schéma identique : celui du héros séduit un moment par des femmes fatales mais finissant par succomber à l'amour sincère d'une tendre et modeste jeune fille.

• « Les romans de Marie-Anne Desmarets » (*P*, p. 79) :

Cette romancière populaire française naît à Mulhouse et fait ses études à Genève. Son premier roman, *La passion de Jeanne Riber*, est couronné par *L'Alsace littéraire* en 1935. Elle se lance ensuite dans un vaste cycle sentimental autour d'une famille suédoise : *Torrents* (11 tomes) qui obtient le prix Max Barthou de l'Académie française. Denoël publie ainsi une quarantaine de ses romans. Plon en éditera quelques autres. Sa thématique est celle des romans d'amour peu amateurs de nuances : la frêle, tendre — et soumise — jeune fille, malgré la haine d'un ennemi terrifiant (père sans cœur, aventurière au charme maléfique), finit par obtenir l'amour du beau jeune homme généreux qu'elle vénère, le tout dans le strict respect de la morale et des convenances.

• « Les ouvrages catholiques de Pierre l'Ermite » (*F*, p. 41) :

De son vrai nom Pierre Loutil, cet écrivain du XXe siècle était prêtre et journaliste à *La Croix*. Ses ouvrages, d'une haute tenue morale, évidemment, ont été édités par La Bonne Presse. Voici quelques titres : *L'homme qui approche*, *La journée de Satan, Le bonheur est simple, La brisure, La jeune fille en bleu, Peut-on aimer deux fois ?, Le monsieur en gris, Tout se paie, Les hommes sont fous, Le mariage idiot.*

• Daniel Gray (*P*, p. 79) :

Publié chez Tallandier (comme Delly, Magali ou Max du Veuzit), cet auteur de romans sentimentaux, qui fait volontiers dans l'exotisme, a rédigé entre autres : *L'homme du Sud, Le seigneur des îles, Le bruit des eaux, Les saveurs du sel, Périls de l'ombre, Le fleuve amour, Lui, La jeune fille et le monstre.* Il fut aussi le responsable, fort moralisateur, du « courrier du cœur » du magazine *Nous deux*.

Les chansons

• Luis Mariano (*P*, p. 79) :

Mariano Eusebio Gonzalez, né en 1914 à Irún (Espagne), fit toute sa carrière en France. Son interprétation dans *La belle de Cadix*, opérette de F. Lopez (1945), lui ouvre la voie du succès. Le public est séduit par son physique « à la

Valentino », sa gentillesse, sa gaieté et sa voix chaleureuse. Avec G. Guétary et A. Dassary, il fait les beaux jours de l'opérette en France dans les années cinquante, multipliant les succès : « Andalousie », « Le chanteur de Mexico », « Chevalier du ciel », « Le prince de Madrid »... Incarnant avec Tino Rossi le mythe du séduisant Méditerranéen au cœur tendre, il déclenche à sa mort un véritable culte funèbre.

• « C'est l'aviron qui nous mène en rond » (*P*, p. 112) :

Vieille chanson du répertoire français connue en Bretagne comme au Québec. La même phrase est reprise indéfiniment de plus en plus haut : « C'est l'aviron qui nous mène, mène, mène, c'est l'aviron qui nous mène en rond. » Ce sont du moins les paroles qu'entendait Annie Ernaux pendant son enfance. Car il existe une autre version consignée sur un livre de chants québecois que m'a montré l'auteur : « C'est l'aviron qui nous mène en haut. » La formule mentionnée dans *La place* renvoie à la circularité structurelle du livre et à l'univers clos, la place théoriquement figée pour chacun.

Ces références populaires furent celles d'Annie Ernaux enfant. Mais *La place* et *Une femme* contiennent également des allusions aux milieux cultivés que l'auteur a fréquentés à partir de son entrée à l'université. La confrontation de ces deux sortes de culture est au cœur de la problématique des deux œuvres, qui par leurs épigraphes se placent d'emblée dans une perspective intellectuelle. Nous présenterons d'abord les références mentionnées dans *La place*, en suivant l'ordre des pages du livre, et ensuite celles utilisées dans *Une femme*.

La place

• « Je hasarde une explication : écrire, c'est le dernier recours quand on a trahi » (Jean Genet) (épigraphe) :

Annie Ernaux m'a donné la source de cette citation : un article du *Nouvel Observateur* intitulé « Genet de vive voix ». L'hebdomadaire y présente une cassette de la société Vidéo-Livre, créée par « Témoins » et distribuée par RCV. L'article donne des extraits de ce film où l'auteur de *Notre-Dame-des-Fleurs* parle de la Grèce, de l'homosexualité, de Rimbaud, du temps, de la prison.

Le dernier paragraphe de l'article est sous-titré « Écrire ». Le voici intégralement :

Je hasarde une explication : écrire, c'est le dernier recours qu'on a quand on a trahi. Il y a encore autre chose que je voudrais vous dire : j'ai su très vite, dès l'âge de quatorze, quinze ans à peu près, que je ne pourrais être que vagabond ou voleur, un mauvais voleur, bien sûr... mais enfin voleur. Ma seule réussite dans le monde social était, pourrait être de cet ordre si vous voulez, contrôleur d'autobus ou peut-être aide-boucher, ou une chose comme ça, et comme cette sorte de réussite me faisait horreur, je crois que je me suis entraîné très jeune à avoir des émotions telles qu'elles ne pourraient me mener que vers l'écriture. Si écrire veut dire éprouver des émotions ou des sentiments si forts que toute votre vie sera dessinée par eux, s'ils sont si forts que seule leur description, leur évocation ou leur analyse pourra réellement vous en rendre compte, alors oui, c'est à Mettray que j'ai commencé, et à quinze ans, que j'ai commencé d'écrire.

Jean Genet, in *Le Nouvel Observateur*, n° 934, du 2 au 8-10-1982.

Écrire, c'est peut-être ce qui vous reste quand on est chassé du domaine de la parole donnée.

• **« Ce n'est pas le cuirassé Potemkine » (*P*, p. 32) :**

Il s'agit d'un film de 1925 du réalisateur soviétique Eisenstein (1898-1948) qui raconte la mutinerie du Potemkine, navire basé en mer Noire à Odessa. Cette lutte prérévolutionnaire (1905) sauvagement réprimée a comme point de départ une révolte contre l'infâme nourriture servie aux marins.

• **« Ainsi Proust relevait avec ravissement les incorrections et les mots anciens de Françoise... » (*P*, p. 62) :**

Fils d'un grand médecin, Proust vit une enfance choyée, dans un milieu très cultivé. Sa grand-mère maternelle, par exemple, est une lectrice assidue de la marquise de Sévigné. Reçu dans les salons les plus fermés, Proust analyse impitoyablement dans son œuvre les réceptions de la haute bougeoisie (les Verdurin) ou de l'aristocratie (les Guermantes). Françoise (Céleste Albaret), la servante de sa tante, qui finit par se consacrer à son service, lui donne l'occasion de quelques observations sur le peuple. On notera avec intérêt cette remarque d'*À l'ombre des jeunes filles en fleurs* : « ... notre vieille servante... en femme réservée mais sans bassesse... sait tenir son rang et garder sa place... » (Folio, p. 218). C'est dans *Sodome et Gomorrhe* que se trouve l'analyse sur le vocabulaire du peuple à laquelle Annie Ernaux fait allusion :

... ces mots français que nous sommes si fiers de prononcer exactement ne sont eux-mêmes que des « cuirs » faits par des bouches gauloises qui prononçaient de travers le latin ou le saxon, notre langue n'étant que la prononciation défec-

Proust, *Sodome et Gomorrhe*, Folio, p. 134.

tueuse de quelques autres. Le génie linguistique à l'état vivant, l'avenir et le passé du français, voilà ce qui eût dû m'intéresser dans les fautes de Françoise. L'« estoppeuse » pour la « stoppeuse » n'était-il pas aussi curieux que ces animaux survivants des époques lointaines, comme la baleine ou la girafe, et qui nous montrent les états que la vie animale a traversés ?

• « Je me suis mise à mépriser les conventions sociales... j'écoutais " La mauvaise réputation " de Brassens » (*P*, p. 64).

Voici le début de cette chanson de Georges Brassens qui date de 1952 :

Au village, sans prétention,
J'ai mauvaise réputation.
Qu' je m' démène ou qu' je reste coi
Je pass' pour un je-ne-sais-quoi !
Je ne fais pourtant de tort à personne
En suivant mon ch'min de petit bonhomme.
Mais les brav's gens n'aiment pas que
L'on suive une autre route qu'eux.

• « L'école, une institution religieuse voulue par ma mère, était pour lui un univers terrible qui, comme l'île de Laputa dans *Les voyages de Gulliver* flottait au-dessus de moi pour diriger mes manières » (*P*, p. 73) :

Laputa appartient au troisième pays fantastique qu'explore le héros de Swift, après Lilliput et Broddingnag. Cette île volante est réservée au séjour de la Cour, qui s'y passionne pour les mathématiques théoriques et la musique. La supériorité du rang social et le pouvoir politique se concrétisent donc dans cette résidence aérienne qui permet au gouvernement de surveiller le territoire, récolter les impôts et sanctionner les villes récalcitrantes, soit en stationnant au-

dessus d'elles pour occulter le soleil et les priver de pluie, soit en les bombardant de pierres. Dans les cas extrêmes, l'île peut même écraser la région insoumise en la laminant.

• « Le bonheur est un Dieu qui marche les mains vides... » (Henri de Régnier) (*P.*, p. 80) :

Voici ce poème d'Henri de Régnier (1864-1936), extrait de *Vestigia Flammae*, dont Annie Ernaux cite l'avant-dernier vers :

LE BONHEUR

Si tu veux être heureux, ne cueille pas la rose
Qui frôle au passage et qui s'offre à ta main ;
La fleur est déjà morte à peine est-elle éclose,
Même lorsque sa chair révèle un sang divin.

N'arrête pas l'oiseau qui traverse l'espace ;
Ne dirige vers lui ni flèche ni filet
Et contente tes yeux de son ombre qui passe
Sans les lever au ciel où son aile volait ;

N'écoute pas la voix qui te dit : « Viens ». N'écoute
Ni le cri du torrent, ni l'appel du ruisseau,
Préfère au diamant le caillou de la route ;
Hésite au carrefour et consulte l'écho.

Prends garde... Ne vêts pas ces couleurs éclatantes
Dont l'aspect fait grincer les dents de l'envieux ;
Le marbre du palais, moins que le lin des tentes,
Rend les réveils légers et les sommeils heureux.

Aussi bien que les pleurs le rire fait des rides,
Ne dis jamais : Encore, et dis plutôt : Assez...
Le Bonheur est un Dieu qui marche les mains vides
Et regarde la Vie avec des yeux baissés.

• Parlant de son mari, la narratrice écrit : « Dans sa famille, par exemple, si l'on cassait un verre, quelqu'un s'écriait aussitôt : " N'y touchez pas, il est brisé ! " (vers de Sully Prudhomme) » (*P*, p. 96-97) :

Voici ce poème, si connu autrefois dans les familles bourgeoises que Ionesco le mentionne dans *La cantatrice chauve* (1950), pour le tourner en dérision, citant également ce même vers... pathétique.

LE VASE BRISÉ (1869)

Sully Prudhomme, *Solitudes*.

Le vase où meurt cette verveine
D'un coup d'éventail fut fêlé ;
Le coup dut l'effleurer à peine,
Aucun bruit ne l'a révélé.

Mais la légère meurtrissure,
Mordant le cristal chaque jour,
D'une marche invisible et sûre
En a fait lentement le tour.

Son eau fraîche a fui goutte à goutte,
Le suc des fleurs s'est épuisé ;
Personne encore ne s'en doute,
N'y touchez pas, il est brisé.

Souvent aussi la main qu'on aime,
Effleurant le cœur, le meurtrit ;
Puis le cœur se fend de lui-même,
La fleur de son amour périt ;

Toujours intact aux yeux du monde,
Il sent croître et pleurer tout bas
Sa blessure fine et profonde :
Il est brisé, n'y touchez pas.

• Simone de Beauvoir, *Les mandarins* (*P*, p. 108) :

Prix Goncourt 1954, ce roman largement autobiographique, dépeint le milieu intellectuel fran-

çais de 1944 jusqu'aux années cinquante. La narration s'exerce par le biais de deux techniques différentes : une femme, Anne Dubreuilh, psychanalyste, mariée à un écrivain de gauche plus âgé qu'elle, mère d'une jeune fille Nadine, donne son point de vue à la première personne. En dehors de ce *je*, Simone de Beauvoir fait intervenir un regard masculin, celui d'Henri Perron, journaliste politique de gauche, patron de *L'Espoir*, écrivain, ex-résistant. Ses aventures et ses pensées sont racontées avec le recul de la troisième personne du singulier. Le roman ne présente apparemment pas de point commun avec le drame de l'« amour séparé » qui hante Annie Ernaux puisque tous les adultes dépeints ne font jamais mention ni de leurs parents ni de leur enfance. Pourtant la thématique fondamentale du livre rejoint l'épigraphe de *La place* car *Les mandarins* posent le problème de l'impossible fidélité : à l'esprit de la Résistance, à une gauche non communiste, à la morale, à soi-même, en amour comme en amitié.

Les mandarins, publiés en 1954, ne sont pas lus en 1967 pour suivre l'actualité mais par pur hasard. Annie Ernaux m'a expliqué qu'elle avait trouvé ce livre chez sa mère, à qui il avait été prêté. Elle l'a donc lu, sans vraiment s'y intéresser, pendant l'agonie de son père, pour remplir ce temps horrible de l'attente. Il lui servait, en quelque sorte, de mesure du temps, de sablier du destin, dont, par surcroît, elle détenait partiellement la marche, en tournant les pages.

Il est curieux de noter qu'Annie Ernaux associe également Simone de Beauvoir à la mort de sa mère, puisque, dans *Une femme*, elle note cette coïncidence : « Elle est morte huit jours avant Simone de Beauvoir » (*F*, p. 105). Cette fascination tient sans doute au fait que, modèle intellectuel de toute une génération, l'auteur du

Deuxième sexe a ouvert la voie à des méditations dont *La femme gelée*, par exemple, est issue.

Il est intéressant également de se rappeler que Simone de Beauvoir a publié dans le numéro 216 de la revue *Les Temps modernes* (mai 1964) *Une mort très douce*. Souvent mentionné pour comparaison à la sortie de *La place* ou d'*Une femme*, ce récit est consacré aux dernières semaines vécues par la mère de l'auteur. Aux réflexions sur l'éthique du monde médical, puisque sa mère est morte d'un cancer, Simone de Beauvoir ajoute une analyse plus générale sur le comportement de cette femme de la bourgeoisie, faisant son portrait psychologique et le bilan de ses relations avec son mari et ses deux filles. L'œuvre s'achève par une méditation sur la mort, scandale de la condition humaine.

Claire et franche sur ses difficultés de relation avec sa mère depuis son adolescence, Simone de Beauvoir n'éprouve de culpabilité que sur son mensonge : ni elle ni personne n'a averti la vieille femme de l'imminence de sa mort : « Son acharnement à guérir, sa patience, son courage, tout était pipé. Elle ne serait payée d'aucune de ses souffrances... Je subissais avec désespoir une faute qui était mienne, sans que j'en sois responsable, et que je ne pourrais jamais racheter » (Folio, p. 82). S'étant dévouée avec sa sœur à la clinique — comme Annie Ernaux au service de gériatrie —, elle sent sa conscience soulagée : « À l'égard de maman nous étions surtout coupables, ces dernières années, de négligences, d'omissions, d'abstentions. Il nous a semblé les avoir rachetées par ces journées que nous lui avons consacrées, par la paix que lui donnait notre présence, par les victoires remportées contre la peur et la douleur » (Folio, p. 135). Les soins quotidiens lui sont à elle aussi occasion de manifester — et de retrouver — des sentiments que la vie adulte normale refoule en général : « Je m'étais attachée à cette moribonde. Tandis que nous parlions dans la pénombre, j'apaisais un vieux regret : je reprenais le dialogue brisé pendant mon adolescence et que nos divergences et notre ressemblance ne nous avaient jamais permis de renouer. Et l'ancienne tendresse que j'avais crue tout à fait éteinte ressuscitait, depuis qu'il lui était possible de se glisser dans des mots et des gestes simples » (Folio, p. 109).

Certaines sensations sont communes aux deux écrivains : « Voir le sexe de ma mère : ça m'avait fait un choc. Aucun corps n'existait moins pour moi — n'existait davantage. Enfant, je l'avais chéri ; adolescent, il m'avait inspiré une répulsion inquiète ; c'est classique ; et je trouvai normal qu'il eût conservé ce double caractère répugnant et sacré : un tabou. Tout de même, je m'étonnai de la violence de mon déplaisir » (Folio, p. 27).

Ainsi, malgré le fossé culturel qui sépare la grande bourgeoise de l'épicière d'Yvetot, leurs filles éprouvent à leur chevet les mêmes impressions, universelles en quelque sorte.

La différence fondamentale entre les deux œuvres est dans l'écriture. Classique et conventionnellement grammaticale, celle de Simone de Beauvoir reconstitue des dialogues, bâtit des alinéas ordinaires, dit « maman » et n'a pas peur des jugements (par exemple : « Elle gâchait ses rapports avec autrui par maladresse : rien de plus pitoyable que ses efforts pour éloigner ma sœur de moi » (Folio, p. 58).

• « Je me souviens d'un titre : *L'expérience des limites.* Mon découragement en lisant le début, il n'y était question que de métaphysique et de littérature » (*P*, p. 113) :

Ce livre de Philippe Sollers, *L'écriture et l'expérience des limites* (1968), évoque Sade, Baudelaire etc. dans une prose brillante, où sont abordées des notions philosophiques. Si l'auteur se sent découragée par ce livre, c'est parce qu'elle-même songe à une autre expérience des limites : celle qu'a vécue son père. Une vie barrée par le manque d'argent, une enfance trop peu scolarisée, un avenir bouché par la modernisation commerciale, une culture étroite, des espérances limitées. Annie Ernaux avait envisagé un moment comme épigraphe une phrase de Sartre : « Le destin d'un homme se mesure à ce qui lui est bouché », mais elle l'a éliminée car trop redondante par rapport au livre. Elle a préféré celle de Genet qui donnait une explication non sur le père mais sur les objectifs de l'auteur. Sollers lui paraît donc irréel, à côté de la vérité profonde, aussi ludique et gratuit que la dissertation à corriger. C'est tout le problème des rapports entre la culture et la vie qui se trouve posé[1]. Toute l'œuvre d'Annie Ernaux s'efforce précisément de réconcilier ces deux entités.

Une femme

• « C'est une erreur de prétendre que la contradiction est inconcevable, car c'est bien dans la douleur du vivant qu'elle a son existence réelle » (Hegel) (épigraphe) :

Hegel, ce philosophe allemand (1770-1831) dont le nom reste associé à la dialectique, a renouvelé la conception de la logique traditionnelle. Dans *Science de la Logique*, il démontre que la contradiction est plus profonde et plus essentielle que l'identité et que, loin d'être anormale, elle est la caractéristique de ce qui vit et évolue. Pour lui, une chose n'est vivante que si elle contient en elle la contradiction. Inévitablement, la souffrance en résulte car les êtres qui sont doués

1. Voir l'analyse qu'en fait Richard Hoggart dans *La culture du pauvre*. Cf. plus loin, p. 219.

de vie ont sur ceux qui en sont privés la prérogative de la douleur. Annie Ernaux a extrait sa citation de la deuxième partie, livre troisième, troisième section, chapitre premier intitulé « " La vie " », section B : « Le processus vital » (traduction de V. Jankélévitch).

• « Je souhaite rester d'une certaine façon au-dessous de la littérature » (*F*, p. 23) :

Cette phrase qui a fait couler tant d'encre a été inspirée, m'a dit Annie Ernaux, par une réplique de *La cerisaie* de Tchekhov. Cette pièce est la dernière du grand dramaturge russe (1860-1904). Créée le 17 janvier 1904 à Moscou, elle a, malgré les désirs de son auteur d'utiliser le registre comique, la même mélancolie triste et navrée que les précédentes. Tchekhov, en effet, excelle à mettre en scène la déchéance d'une aristocratie russe qui cherche en vain un sens à sa vie. Ces deux peintres de classes sociales diamétralement opposées, l'un de l'intelligentsia russe, l'autre des classes modestes normandes, ont le même regard lucide et plein de sympathie sur des gens condamnés par l'évolution historique.

La cerisaie est une propriété que la ruine d'une famille contraint à vendre. Elle est rachetée par le fils d'un moujik, bourgeois arriviste mais pas antipathique : Lopakhine. Celui-ci, fort conscient de son infériorité culturelle, reste fasciné par la femme vieillissante qui fut la maîtresse du domaine : Lioubov Andréevna. La fille de cette dernière, Ania, vit un amour libérateur pour Trofimov, le précepteur de son petit frère, noyé accidentellement. À la fin de l'acte II, il lui dit : « Nous sommes au-dessus de l'amour » et poursuit : « C'est pourtant lumineux que pour commencer à vivre au présent, il faille d'abord expier notre passé, en finir, et on ne peut l'expier que par la souffrance, que par le labeur inouï, constant. » Trofimov répète sa formule à la mère d'Ania à l'acte III : « Je déteste la vulgarité. Nous sommes au-dessus de l'amour » et Lioubov Andréevna lui répond : « Tandis que moi je dois être au-dessous de l'amour. » (Elle vit un amour passionné, sensuel, avec un homme qui la ruine et la trompe.) Leur dialogue s'envenime et elle finit par lui rétorquer : « " Je suis au-dessus de l'amour ! " Vous n'êtes pas au-dessus de l'amour, vous n'êtes qu'un " empoté "... À votre âge, ne pas avoir de maîtresse ! »

Outre une certaine similitude thématique avec *La place*, par le biais du moujik, la pièce présente donc une explication de la formule d'*Une femme* car celui des personnages qui paraît connaître et vivre le plus profondément l'amour est Lioubov Andréevna, quoiqu'elle concède « être au-dessous de l'amour ». Ainsi, lorsque l'on transpose dans le domaine de l'écriture, Annie Ernaux oppose deux conceptions de la littérature : celle qui se place au-dessus, intellectuelle, détachée du réel, et celle qui se place au-dessous, plus humble, plus vraie, plus douloureuse et plus sincère : celle qu'Annie Ernaux préfère.

• « Je collais des photos de James Dean sur la couverture de mes cahiers » (*F*, p. 64) :

James Dean, de son vrai nom James Byron, est un acteur américain né en 1931 dans un milieu bourgeois. Orphelin de mère à neuf ans, il suit des cours de théâtre et débute en 1954 dans le rôle du jeune arabe de *L'immoraliste*, pièce tirée du roman de Gide. Elia Kazan l'engage pour être Cal Trask, l'adolescent incompris, sauvage et maheureux d'*À l'est d'Eden* (1955). Le succès est foudroyant. Désormais James Dean incarnera son propre personnage, déconcertant, de star malheureuse, refusant la société tout en souffrant de ne pouvoir s'y intégrer. Il joue dans *La fureur de vivre* de Nicholas Ray, puis *Géant* de G. Stevens. Sa passion pour la vitesse lui est fatale : il meurt le

30 septembre 1955 dans un accident de voiture. Sa mort déchaîne une véritable hystérie. La brièveté de sa carrière (il n'a pas achevé le tournage de *Géant*), sa mort spectaculaire et la coïncidence parfaite du personnage et de ses rôles expliquent qu'il incarne le mythe de l'adolescent incompris.

• « Mon mari et moi... nous allions voir *L'avventura* d'Antonioni » (*F*, p. 70) :

L'avventura (1959) est le premier succès international du cinéaste italien Michelangelo Antonioni (né à Ferrare en 1912). La trame est simple : une jeune et riche Romaine (Lea Massari), partie en croisière avec son amant, un architecte (Gabriele Ferzetti), et quelques amis, disparaît sur un îlot désert de la Méditerranée. L'homme, en compagnie d'une jeune femme (Monica Vitti), parcourt la Sicile pour retrouver trace de la disparue. Mais la véritable aventure n'est pas celle-là. Le réalisateur concentre son analyse sur les rapports fragiles et instables qui se tissent entre les deux enquêteurs. Ce film pose avec acuité les problèmes qui seront au cœur des années soixante : incommunicabilité du couple, drame de l'individu confronté à une société déshumanisée. Annie Ernaux devait d'autant plus s'intéresser à Antonioni qu'il avait tourné en 1954 *Femmes entre elles* d'après l'écrivain italien Pavese, qu'elle a mentionné comme son maître en littérature en répondant à une enquête de la revue *Roman* de décembre 1986.

II. ÉCLAIRCISSEMENTS HISTORIQUES

• « Il avait peur des Croix-de-feu qui défilaient dans L... » (*P*, p. 42) :

Cette ligue d'extrême droite, fondée en 1927 par Hanot et dirigée à partir de 1931 par le lieutenant-colonel de La Rocque, regroupe initialement des anciens combattants. Nationaliste, antiparlementaire et anticommuniste, elle s'organise militairement et participe à des manifestations qui dégénèrent. Toutefois elle a refusé de soutenir la tentative de putsch organisée par l'Action Française le 6 février 1934. Aux élections de 1936, les Croix-de-feu ont 20 élus et 49 apparentés. Comme toutes les ligues d'extrême droite, cette association sera dissoute par le Front populaire.

• « Il a voté Poujade »... (P, p. 75) :

Poujade est le leader de l'Union de défense des commerçants et artisans (UDCA), fondée en 1953 à Saint-Céré dans le Lot. Ce qui n'est, au départ, qu'une réaction contre les contrôles fiscaux, prend très vite un aspect politique et cherche à toucher d'autres milieux socioprofessionnels. Pour les élections de 1955, le mouvement lance des Unions parallèles et prend le nom d'Union et fraternité française (UFF). Tout un public reconnaît ses préjugés et ses haines dans les discours véhéments de Poujade. Ainsi un meeting réunit, le 24 février 1955, 20 000 personnes au Vélodrome d'hiver pour entendre les orateurs s'en prendre aux « trusts apatrides », aux « métèques de tout poil », aux fonctionnaires, au fisc, aux « gens de diplômes, polytechniciens, économistes, philosophes et autres rêveurs », à la « bande d'apatrides et de pédérastes » censée gouverner le pays et à Mendès France qui a le tort de n'être pas gaulois et de boire du lait. On reconnaît là le vocabulaire et la thématique de l'extrême droite ; D'ailleurs, l'un des lieutenants de Poujade s'appelle Jean-Marie Le Pen... 2 600 000 électeurs déposeront dans l'urne, en 1955, un bulletin UFF, certains, tel le père d'Annie Ernaux, « comme un bon tour à jouer, sans conviction », mais il y aura tout de même 53 députés élus.

III. ANNIE ERNAUX S'EXPLIQUE

Accueillante, Annie Ernaux ne se retranche pas dans la solitude dédaigneuse de l'écrivain accaparé par la création. Elle a accordé de nombreux entretiens, soucieuse d'aider ses interlocuteurs et d'être comprise correctement, consciente avant tout de ses responsabilités auprès de ses lecteurs : « C'est quelque chose d'*écrasant* d'avoir autant de lecteurs, et surtout de réactions très *passionnelles*. J'ai découvert que la littérature avait un pouvoir immense, que ça pouvait tout à fait entrer dans l'inconscient des gens, et les suivre. Cela vous donne une responsabilité que vous ne soupçonniez pas » (entretien avec Anne Gillain et Martine Loufti, mars 1986). Chaque étude publiée sur elle comporte donc le compte rendu d'un entretien. L'auteur s'est également expliquée auprès de Josyane Savigneau pour *Le Monde des livres* le 3 février 1984, dans *Le journal du Centre* le 26 avril 1984, auprès de Jean-Jacques Gibert pour le n° 260 de *Révolution* du 22 février 1985, dans *La Vie ouvrière* le 8 octobre 1990, dans *Jours de France* d'avril 1988 et *Phosphore* de septembre 1988 etc. Je l'ai moi-même rencontrée le 30 avril 1993.

Elle a présenté ses œuvres à la radio et à la télévision, participant entre autres à « Apostrophe » le 6 avril 1984 pour *La place* et le 15 janvier 1988 pour *Une femme*.

Plutôt qu'une interview supplémentaire, je préfère présenter ici une synthèse élaborée à partir des explications que l'auteur a fournies, aux autres comme à moi-même, et des documents que j'ai pu consulter chez elle (manuscrits d'*Une femme*, ceux de *La place* ayant été presque tous détruits) ou étudier à demeure (photocopies d'une page manuscrite de *La place* du début et de la fin d'*Une femme*, notes de recherche sur les titres). Cette synthèse a été soumise à l'approbation de l'auteur.

I. LA GENÈSE (SOURCE : ENTRETIEN DU 30 AVRIL 1993)

Celle d'*Une femme*, qui débute trois semaines après le traumatisme de la mort de la mère, va de soi. En revanche, les quinze ans qui séparent la décision d'écrire (fin juin 1967, *P*, p. 23) et la rédaction de *La place* (novembre 1982-juin 1983) posent question. Comme Annie Ernaux ne publie rien avant 1974, on pourrait croire que la mort du père déclenche la naissance de sa vocation. Il n'en est rien car elle a commencé à écrire en 1960, dans un square en Angleterre, et elle a rédigé en 1962 un roman envoyé au Seuil en 1963. Une lettre de Jean Cayrol lui apporta la réponse négative de l'éditeur. Annie Ernaux juge aujourd'hui cette première œuvre trop influencée par le nouveau roman. Il lui manquait un sujet personnel et une voix.

La coïncidence de la mort du père et de la réussite au CAPES agit comme une révélation : elle sait désormais ce qu'il lui faut écrire et envisage quelque chose qui engloberait à la fois *Les armoires vides* et *La place*, qui donc traiterait de son refoulé social. L'achèvement de ses études (agrégation) et sa vie privée absorbent ses forces jusqu'en 1972. Cette année-là, à Pâques, elle participe avec son mari à un voyage organisé par *Le Nouvel Observateur* au Chili, alors gouverné par Allende. C'est un peu la récompense de son succès à l'agrégation. Ce voyage, d'une militante de gauche plutôt que d'une touriste, la confronte à la misère du tiers monde. Le choc réactive les souvenirs de son enfance. De retour en France elle entame un travail qui débouche sur la rédaction, à partir des vacances de la Toussaint, des *Armoires vides*. Elle écrit dans la colère, la rage contre la bourgeoisie, d'autant plus que l'été 1972 a mis en évidence un désaccord conjugal. Cette écriture personnelle remplace la thèse qu'elle envisageait sur Marivaux. Parallèlement à l'écriture des *Armoires vides*, elle s'engage dans la lutte pour la libéralisation de l'avortement.

Gallimard et Grasset acceptent *Les armoires vides* qui sont publiées en 1974 par le premier. En 1976, des difficultés familiales croissantes lui imposent de chercher à voir clair dans sa vie, de « faire le ménage ». Elle amorce la première ébauche de ce qui sera *La place* : le CAPES, la mort du père. Pendant l'été, elle rédige d'un trait le véhément *Ce qu'ils disent ou rien*, terminé aux vacances de la Toussaint, et reprend son roman sur le père. Compact dans sa présentation, très détaillé dans les faits (à la cent troisième page, ses parents sont encore à Lillebonne), il garde plus ou moins le ton de dérision des *Armoires vides* et son écriture luxuriante. Annie Ernaux y travaille aussi en 1977. Mais elle ne peut poursuivre au-delà de la cent troisième page car *La femme gelée* s'impose à son auteur qui ressent la nécessité de réfléchir à sa condition de femme jusqu'à découvrir au fond d'elle-même le besoin impératif d'une séparation. Elle rédige cette troisième œuvre en 1978 et 1979. Il lui faudra attendre la rupture réelle avec son mari, en septembre 1982, pour pouvoir se remettre à son travail sur le monde de son enfance ; tout se passe comme si cet époux bourgeois l'empêchait de renouer le contact avec son père. Dès novembre 1982 elle se lance dans la rédaction de *La place*.

II. MÉTHODES DE TRAVAIL (SOURCES : ENTRETIEN DU 30 AVRIL 1993 ET ANALYSE DE DOCUMENTS)

Pour *La place* et *Une femme* Annie Ernaux a préparé dans une première étape des notes objectives, souvenirs bruts, faits vrais que par la suite elle a approfondis et développés. Ainsi, le volume du manuscrit n'a pas sensiblement diminué de la rédaction à la publication. Ce serait une erreur de l'imaginer rédigeant une œuvre-fleuve pour ensuite en sélectionner quelques extraits.

Il ne subsiste de *La place* que la version tapée à la machine qui a été envoyée à Gallimard. Seuls restent visibles de nombreux collages qui manifestent le travail de montage et de corrections de détail auquel s'est livrée l'auteur, même après la frappe de son texte. Tout ce qui correspond aux caractères italiques est en rouge. Toutefois Annie Ernaux m'a confié un brouillon retrouvé, celui de la page 9, dans laquelle elle raconte l'épisode de la bibliothèque — qui sera finalement inséré presque en clôture de *La place*, pages 111-112.

En comparant le manuscrit et l'état définitif du texte, on constate l'effort d'aération de l'auteur car l'alinéa primitif est englobé dans un développement explicatif où tout s'enchaîne. Parlant de sa déchirure entre ses deux moi, Annie Ernaux précisait : « Pourtant à cause d'elle, cette déchirure, je me crois autorisée plus que n'importe qui à raconter la vie de mon père. Comme lui j'ai connu la colère impuissante d'être considérée avec hauteur par des gens riches ou " instruits " [ici est noté entre les lignes : *rassembler d'autres signes comme celui-là, histoire du portefeuille*]. Le désarroi dans ces situations où l'on ne se sentait pas à notre *place*. Je sais de l'*intérieur* ce que représente l'appartenance à un milieu " simple " ou " ordinaire " [ici un renvoi : *mots dont je me servais pour me situer à l'adolescence et que mes élèves utilisent aussi*]. Il me suffit de ramener au jour des dizaines de faits précis. Comme cette intrusion à la bibliothèque... » Le récit s'achevait explicitement : « Ce n'était pas un endroit pour nous » et l'analyse poursuivait en symétrie : « Mais je sais aussi maintenant, de l'*extérieur*, grâce [?] à ce savoir que je sens en moi conquis par effraction plutôt que reçu, interpré[ter] notre timidité, ce sens des limites invisibles... »

Ces suppressions allègent incontestablement l'œuvre, la rendant plus implicite, suggestive, exigeant davantage la participation du lecteur. La rupture poétique remplace l'enchaînement peut-être trop pédagogique. Et le fait objectif, valorisé par l'écrin des trois lignes blanches, se détache, lumineux. L'enchaînement restera pourtant le même, le livre de Sollers reprenant le thème des limites.

Le récit lui-même est travaillé dans le sens de la segmentation des phrases (par exemple « quand j'avais douze ans » devient « j'avais douze ans »). La suppression des éléments d'interprétation fait place nette aux notations qui ont créé les impressions (par exemple : la version initiale : « un silence mortel, le parquet craquant sous nos pas, l'odeur étrange, vieille nous ont aussitôt impressionnés [*désorientés* est écrit au-dessus] » devient : « c'était silencieux, plus encore qu'à l'église, le parquet craquait et surtout cette odeur étrange, vieille ». Le verbe absent se lit en creux, s'impose à l'esprit : on ressent le malaise des deux personnages. Des détails sont supprimés : le roman léger remplace *Le rosier de Madame Husson* (l'expression implique de surcroît un jugement du bibliothécaire sur le père). On ne saura plus que cet employé était un directeur d'école en retraite. Mais, significativement, les livres seront rapportés par la mère alors que la version primitive indiquait : « Après avoir rendu les livres, nous ne sommes jamais retournés... »

Depuis la première ébauche romanesque de 1976 — qui a été conservée —, les efforts de l'auteur tendent vers plus de froideur apparente, de sécheresse objective. Il lui aura fallu plusieurs fois réécrire et recomposer *La place* pour donner cette impression d'émotion brûlante retenue sous la couche sèche des mots.

Conservé chez Annie Ernaux, le manuscrit d'*Une femme* démontre son attachement presque superstitieux pour le papier : tout est écrit au dos de feuilles imprimées pour ou par son lycée, de documents administratifs ou familiaux... On ne s'habitue pas à gâcher, et puis le papier vierge a quelque chose de cérémonieux et d'angoissant.

Le début d'*Une femme* démontre qu'Annie Ernaux sait désormais où elle va et comment s'y prendre. La méthode, bien rodée, ne l'inquiète plus. Elle peut se consacrer tout entière — et avec quelle minutie ! — à un travail stylistique : froideur apparente (*ma mère* au lieu de *maman*, contrairement à Simone de Beauvoir dans *Une mort très douce*), précision et simplicité (*maison de retraite* et non *service de gériatrie* ; *femme du service* remplaçant *soignante*), efficacité des enchaînements (déplacement de phrases en fonction du sujet grammatical : ainsi le travail de l'employé des pompes funèbres est regroupé sur trois phrases successives, même si la chronologie s'en trouve moins juste), recherche de la brièveté (sur les cinq affaires personnelles prévues page 12, deux disparaîtront : un chapeau de paille, de l'eau de Cologne). Des éléments sont conservés pour la suite : le nom de la maladie (qui sera donné page 89), une phrase bouleversante — « elle était redevenue une petite fille qui ne grandirait pas » — sera placée page 101, sans le participe. Tout ceci démontre un travail conscient de ses effets et rigoureux. Néanmoins, malgré les ratures spectaculaires, l'essentiel est conservé.

Les trois dernières pages manifestent un effort plus important de montage. On en comprend facilement la raison : aucune chronologie n'impose plus l'ordre des choses à dire. Le dernier jour de la mère, sa dernière rencontre avec la narratrice ont été racontés. L'œuvre va maintenant faire défiler au ralenti quelques images clés avant de dégager les finalités du récit. L'ensemble doit fonctionner comme un poème, passant alternativement de la mère à la narratrice. Des souvenirs ont été reportés page 50 (le repas de communion et « Elle avait toujours des morceaux de sucre dans son tablier ») ou page 29 (ses réponses à l'église). D'autres ont été abandonnés : « Au début de sa maladie, je l'ai emmenée au centre commercial de la ville nouvelle pour qu'elle s'achète un sac neuf. Elle a choisi le plus cher du magasin de maroquinerie. En revenant, dans la voiture : " Ça ne fait rien, c'est mon dernier sac. " » Un jour, en rougissant (d'oser avouer, elle, une chose pareille) : « J'aurais bien aimé écrire des livres, si j'avais su. » L'œuvre s'achevait ainsi : « C'était une femme de colère (aux poings toujours serrés). Elle a été ma mesure du monde. »

À ces suppressions correspondent des ajouts : le paragraphe sur : « Je m'attends à la voir descendre... » et le suivant : « J'ai relu les premières pages... » ainsi que « Elle aimait donner à tous... ».

Il me semble que le but de ce travail est d'épurer l'image de la mère, de la maintenir dans sa période éblouissante de jeune femme, idole de sa fillette. « Ses paroles, ses mains, ses gestes, sa manière de rire et de marcher » renvoient à une reconnaissance charnelle, d'avant les mots, datant de la petite enfance de l'auteur.

III. LES TITRES (SOURCE : ENTRETIEN DU 30 AVRIL 1993 ET ANALYSE DE DOCUMENTS)

Annie Ernaux s'intéresse de près aux titres de ses livres. Elle aurait préféré pour le deuxième : « Tu n'as rien à dire que tu ne parles pas », plus évocateur d'une ambiance familiale. On y devine en effet des parents populaires désorientés par le mutisme de leur enfant dont ils sentent, sans vouloir se l'avouer et en espérant se tromper, qu'il n'a plus envie de communiquer avec eux.

LA PLACE

Pour cette quatrième œuvre, Annie Ernaux avait envisagé « trois sortes de titres portant soit :

— sur le sens de la vie telle qu'elle est décrite (la vie ordinaire, un homme ordinaire — caché, la vie de l'extérieur, la vie fermée — humiliée, un chemin dans la vie...)

— sur la méthode employée (documentaire, commentaire, archives, compte rendu, lumière sur une vie obscure, le regard éloigné, fragments, pierres, signes...)

— sur le lien qui la relie à son père (l'amour séparé — marqué en second titre sur la couverture rouge de la collection blanche —, l'héritage, la trahison, parallèles (se rejoignent à l'infini), l'ombre (portée)...) ».

Elle voulait « quelque chose qui ne soit ni trop symbolique, ni dérisoire ».

Le titre choisi séduit par sa polysémie :

— Il concerne le père : qui est resté à la place que la société lui a imposée ; qui avait toujours peur d'être déplacé, de dire des mots, faire des gestes déplacés ; mais qui voulait à toute force ne pas déchoir, tenir correctement sa place ; qui respectait les personnes haut placées et voulait une

bonne place pour sa fille ; qui laisse à sa mort une place vide (comme le suggère la couverture dessinée par Henri Galeron).

— Il concerne le mari qui est déplacé aux obsèques.

— Il concerne l'auteur qui a obtenu une « bonne place » sociale mais, déchirée entre deux univers, se demande quelle est sa vraie place sur terre ; qui se place par l'écriture du côté de son père contre la bourgeoisie ; qui parle à la place de son père.

— Il concerne enfin le lecteur, invité à se mettre à la place des deux protagonistes.

Ce titre fait aussi songer aux *Mémoires d'une jeune fille rangée* car justement Annie Ernaux n'est, en aucun des sens du mot, RANGÉE. Au contraire, elle dérange...

UNE FEMME

Annie Ernaux n'avait pas connaissance du livre d'Anne Delbée sur Camille Claudel, intitulé lui aussi *Une femme*. Mais elle savait que le titre avait été utilisé, au point d'être tombé dans le domaine public, ce qui lui permettait de s'en servir. Les titres qu'elle a envisagés ne font jamais référence à la mère, car son objectif est plus large : comprendre la femme dans son ensemble. Elle a cherché une détermination supplémentaire : une femme..., une vie..., mais n'a rien défini (mère trop ambivalente). « Mort d'une femme » (deux fois noté) contredit la finalité du livre, « Une ombre blanche » lui a paru trop évanescent, trop conventionnellement poétique, « Le cours de la vie » trop mièvre. Sans doute sous l'influence de Céline, elle a voulu utiliser ou « nuit » ou « voyage » dans une locution.

Le titre retenu souligne l'universalité du destin par l'article indéfini et réunit les deux personnages féminins : la mère et la fille en un seul. Implicitement aussi, il défie le modèle féminin bourgeois si éloigné de ce que fut la mère.

IV. LE REJET DE LA FICTION

Annie Ernaux, même dans ses romans, ne s'est guère écartée de son vécu, se contentant de quelques masques et de bouleversements chronologiques. Depuis *La place*, elle cerne au plus près la vérité des faits, fermant la porte à l'invention et aux fantasmes. Tout ce qu'elle écrit est désormais vérifiable et, plus important encore, son point de vue s'approche au maximum de la neutralité (entretien du 30 avril 1993).

Elle lie cette position à sa déchirure initiale entre ses deux cultures, ce qui lui a donné une mission. Toute fiction serait trahison car le roman, pour elle comme dans le langage courant, est synonyme de mensonge. Genre bourgeois par excellence, il ignore la langue des choses et est déconnecté de la vie réelle (*Révolution*, entretien du 22 février 1985 avec Gibert).

Parler d'elle ne la gêne pas « parce que la plus grande honte, c'est d'avoir eu honte de mes parents. Ce qui me fait honte, c'est cette honte-là, dont je ne suis pas vraiment responsable, c'est la société inégalitaire qui impose cette honte » (entretien avec Gro Lokøy, 17 avril 1992). Ayant reconnu cette faute initiale, elle assume à présent ses actes de plus en plus courageusement, qu'il s'agisse d'avortement ou de passion amoureuse.

Reste à savoir si sa mère, qui a lu *Les armoires vides, Ce qu'ils disent ou rien* et *La femme gelée*, a apprécié l'œuvre de sa fille. « Elle a été extrêmement fière de voir que j'avais publié un livre. C'était pour elle une extraordinaire revanche. [Cf. première version de la fin d'*Une femme*]. Mais elle n'a jamais dit ce qu'elle pensait du contenu. L'important pour elle était le livre réalisé. Elle n'aimait pas parler de la période évoquée dans *Les armoires vides* et *Ce qu'ils disent ou rien*. En revanche, elle a déclaré avoir beaucoup aimé *La femme gelée* » (entretien du 30 avril 1993). Effectivement ce roman offre une version plus valorisante de la mère et de son milieu.

V. LA TRAHISON

Interrogée par Gibert (*Révolution* du 22 février 1985) sur la difficulté de dire sans trahir, Annie Ernaux précise : « Dans *La place* c'est une culture que j'ai voulu montrer et ce, sans regard critique. C'est-à-dire en n'en faisant pas une culture dominée, en la disant telle qu'elle est. » Même si l'écriture trahit « toujours un petit peu, ... c'est un moindre mal ; c'est mieux que le silence... L'image du père dans *La place* est très positive... Jai rompu avec la dérision... Je suis réconciliée avec beaucoup d'aspects du monde. »

Il ressort de tous ces entretiens qu'on a affaire à un écrivain d'une grande honnêteté intellectuelle, qui refuse les mythes lyriques ou romantiques comme des tricheries, et se consacre à l'écriture en s'appliquant avec une entière lucidité aux procédés littéraires, à la mise en forme de sa vision du monde, sans jamais perdre de vue que son talent lui donne une mission auprès du lecteur. Un travail quotidien de quatre heures ne produit que quelques livres courts et denses, le reste est abandonné. L'important n'est pas de publier beaucoup : « il faut avant tout travailler ce qu'on écrit » (entretien avec J. Savigneau du 3 février 1984).

IV. ACCUEIL

I. LA PLACE

Mentionné parmi les vingt meilleurs livres de l'année 1984 par le magazine *Lire* de janvier 1985, parmi les huit meilleurs des années quatre-vingt, par *Le Monde des Livres* de mars 1987, *La place* est favorablement reçue par la critique littéraire dans son ensemble.

Angelo Rinaldi salue ainsi ce livre, écrit, dit-il, « à bas bruit » :

L'Express, 27-1-1984.

[...] Déjouant avec intelligence les pièges du misérabilisme et du pathétique, refusant ce populisme qui n'a jamais rien donné de bon dans nos lettres, Annie Ernaux dresse un constat qui touchera tous ceux qui sentent bouger en eux un double si différent du personnage social qu'ils sont devenus. Tous ceux qui revoient certaines mains, déformées par les travaux manuels ou les lessives, qui caressaient leur front quand ils avaient la fièvre, mais qui ne leur fermeront pas les yeux, le jour venu.

Le remords est une des plus fortes sources d'inspiration qui soient. Il dicte des livres comme celui-ci, qui sont d'une lecture pénitentielle en éclairant pour nous nos faiblesses et nos fautes. Mais qui apportent en même temps la réconciliation.

Roger Balavoine qui sous-titre sa critique « L'odeur du pays normand », situe *La place* dans la lignée d'*Un cœur simple* (Flaubert) et recourt à une métaphore sur l'agriculture :

Annie Ernaux, qui livre ici son quatrième roman, grave dans l'acier : la justesse du style ne souffre aucun écart. Laboureur inspiré, elle mène sa charrue sans erreur, sans feintes, sans aléas. Le sillon, droit et pur, réveille les souvenirs imaginaires des autres, ceux qui ont connu les villages dont elle parle, qui ont fréquenté les gens qu'elle fait vivre.

Paris-Normandie, 17-2-1984.

Gilles Pudlowski parle d'un « maître-livre » et voit dans l'auteur une « entomologiste » :

Un événement d'une petite centaine de pages : est-ce que cela ne ressemble pas à de la provocation ? [...] Ce que raconte Annie Ernaux, avec une précision d'entomologiste, c'est la distance prise avec son père, entre deux classes, deux attitudes vis-à-vis de la vie, deux manières d'être. Cela pourrait être banal. Mais la justesse du ton employé, la simplicité de la langue, la force du récit emportent l'adhésion. Ce dialogue impossible entre un père et sa fille ne ressemble en rien à ce qui s'écrit aujourd'hui. Et c'est le plus beau compliment : il est tout simplement bouleversant.

Paris-Match, 24-2-1984.

André Wurmser voit dans *La place* « un cruel, un poignant petit livre ». Sensible à « L'injustice majeure » (titre de l'article), il salue « le règlement de comptes avec soi-même et [le] compte rendu » et apprécie l'écriture plate : « Elle seule peut satisfaire l'exigence de sincérité de l'auteur. Une auto-inculpation fleurie puerait l'hypocrisie. » Il souligne le courage de l'écrivain :

Elle a mis tout son cœur — et sa lucidité et son talent, non moins indispensables — à évoquer ceux de qui sa culture l'a séparée, ceux en qui toute possibilité et le goût même de s'exprimer avaient été stérilisés et la pensée singulièrement

L'Humanité, 27-2-1984.

rétrécie, car, n'en déplaise à Montaigne, il n'est pas de tête bien faite qui soit tête bien vide.

Ce noble comportement implique un passé exceptionnel : *quoique issue de la couche populaire la plus démunie*, parvenir, contrairement à la quasi-totalité des siens, au rang d'intellectuel et, *quoique écrivain*, ne pas en tirer vanité, se savoir débiteur, parce que cultivé, de ceux qui n'ont pu l'être. Ne pas les considérer à travers le lorgnon des naturalistes, ni avec une indulgence aveugle : Annie Ernaux, sans flatterie ni sensiblerie, restitue l'univers fermé des lieux communs où toute spéculation de l'esprit est simplement inconcevable. Elle rend compte des préjugés, des conformismes, de l'épouvantable résignation, de la confusion entre la société qui mutile et la nature, la fatalité, de tout ce qui pousse au consentement à l'injustice, de tout ce qui *crée* la bêtise, dont on accusera l'abêti. Parler *de* ceux et *à la place de* ceux dont la langue fut arrachée.

Enfin, il l'innocente du forfait de trahison :

Seul trahit les victimes celui qui néglige leur sort ou même, sous prétexte qu'il est « arrivé » à la culture, admet que le destin des défavorisés leur incombe : ils n'avaient qu'à..., j'ai bien... Grâce à quoi, perpétuellement *(avec les exceptions qui camouflent)* « chacun glissera sur sa ligne — Immobile, au seul point que le départ assigne », dit Vigny. Sourdement, douloureusement, âprement, Annie Ernaux crie — et crier est juste le contraire de trahir. Crier le vrai est toujours révolutionnaire, dans quelque intention que l'on crie et serait-ce par remords injustifié.

Michèle Bernstein abonde dans le même sens :

Libération, 1-3-1984.

Elle fut, sans conteste, la meilleure des filles. Son

père, non plus, n'aurait pas aimé qu'elle restât à l'épicerie-buvette. Mais la tristesse est là. La séparation. Ce texte est très beau, très fort et très court parce qu'il n'y a pas un mot inutile.

Plus ambigu, l'article de Dominique Durand ironise un peu sur la rupture familiale décrite dans *La place* : « Tout ça à cause du langage, de la culture, saloperie de chiendent ! » **Intitulée « Génération non spontanée », sa critique dénote un certain malaise :**

Annie Ernaux écrit surtout pour sa mémoire déchirée, mais ce texte beau et pur gêne parfois : pourquoi nous donne-t-elle à lire ce brûlant-glacé, cet antipathos ? Pour qu'on lui dise ne pas penser, comme elle, que son père était resté au Moyen Âge ? Il est toujours dur de passer dans la grande classe : la fierté ne masque pas l'impression de trahir les amis qui redoublent. Mais chacun à sa place, n'est-ce pas ?

Le Canard enchaîné, 7-3-1984.

Pierre Sipriot dégage avec lucidité les objectifs de l'écriture plate :

Pourquoi broder ? Il y a des sujets qu'il ne faut pas trahir.

La mort du père est de ceux-là. Annie Ernaux « récite » la vie de son père. Tout passe, une vie demeure. Le respect qu'on doit aux morts, c'est de les retrouver comme ils furent, non comme une partie de nous-même.

Quelle émotion dans ce livre, une émotion utile, efficace, quand on a soin de quelqu'un qui va très mal, et dont on veut maintenir les dernières forces ! Annie Ernaux de peur que la vie de son père ne se défasse, a essayé d'en arracher des bouts.

Le Figaro, 8-3-1984.

Dans un article très chaleureux, François Nourissier voit dans *La place* « un de ces miracles comme un écrivain n'en porte qu'un en lui, qu'il réussit d'autant mieux qu'il s'efface et se refuse à forcer la voix ». Après avoir résumé l'évolution de la narratrice et donc la thématique du livre, il conclut :

Figaro Magazine, 10-3-1984.

Par ces simples mots, Annie Ernaux règle leur compte à telle ou telle « mort si douce » baignée d'autant de complaisance que de cruauté. Son récit à elle est d'une précision clinique mais, en même temps, d'une tendresse indicible. Chaque vérité qu'elle arrache à sa mémoire devient hommage au père disparu et à la mère. Chaque petite honte, chaque humiliation ravalée deviennent le plus sourd et beau poème d'amour.

De Jules Renard à Jules Vallès, de Guilloux à Guéhenno, il existe une tradition du récit d'enfance et de pauvreté. Annie Ernaux ne sacrifie pas à l'attendrissement de cette tradition-là. Elle étrangle toute sensiblerie. Elle écarte toutes considérations de pudeur ou de respect humain. Mais, étrangement, jamais cette rudesse ne devient procédé ni provocation. Le terrible acide de la vérité décape le texte et en évacue toute « littérature ». S'il s'agit d'un beau, d'un très beau livre, c'est comme par surcroît, sans calcul esthétique. Ce bref récit ne possède aucune séduction romanesque, mais il exerce sur le lecteur une sorte de fascination : lame tranchante, cri assourdi, regard que rien ne détourne. Comme je serais heureux si je vous avais convaincu de lire *La place* !

Pour Francine de Martinoir c'est « un des romans les plus attachants de ce début d'année 84 ». Louant Annie Ernaux d'avoir « évité tous les pièges du misérabilisme », elle déclare que

« rarement a été mieux soulignée l'impossiblité d'atteindre le réel et notre enfermement dans les mots ». Elle dégage ainsi les objectifs du livre :

Travail du deuil, dira-t-on, entreprise de purification, document pour la psychanalyse. Tout cela est vrai sans doute. Mais en lisant ce texte l'on songe aux souffrances qu'a dû forcément coûter à la narratrice cette réussite consistant dans la mise en perspective des événements et des personnes. Annie Ernaux n'accuse pas, ne se plaint pas. Elle définit seulement le silence et la violence qui accompagnaient les paroles ou les rapports dans le triangle familial qui, à jamais bien entendu, a délimité sa conception du monde. Et c'est par les mots, la seule richesse que l'ascension sociale ne pouvait procurer à son père, qu'elle parvient à reconstituer ce continent englouti, celui de la première moitié de notre siècle, après lequel courent en ce moment beaucoup de romanciers.

La Nouvelle Revue française, n° 375, 1-4-1984.

Intitulée « De la trahison » et sous-titrée avec humour « Sortir de sa campagne », la chronique de Claude Prévost s'intéresse au thème social :

Annie Ernaux décrit avec minutie ce processus de séparation. En accédant à la « culture », cette fille de tout petits, mais vraiment tout petits-bourgeois devient étrangère à sa famille et elle a l'impression d'avoir trahi. Impression discutable, je sais bien, mais qui pose un problème réel, comme on débride une plaie. Et puis cette dialectique d'ascension sociale est si typiquement française que de l'avoir suivie pas à pas c'est, sans l'avoir cherché, avoir réalisé une sorte de « documentaire » historique et ethnographique d'une qualité pure.

L'écriture, si je puis dire, fait le reste. Je ne la dirais pas plate mais constamment maîtrisée,

L'Humanité, 25-6-1984.

contrôlée, tenue en bride. Le résultat, sans nul doute, d'une *ascèse*. Mais jadis, dans *Saint-Genet comédien et martyr*, Sartre a génialement montré que pour accéder à l'idéal de pauvreté, il faut partir d'une vraie richesse. L'expérience de romancière d'Annie Ernaux lui a permis de parvenir à cette écriture admirablement nue. Il faut bien de la maîtrise pour cesser de « prendre *d'abord* le parti de l'art ». J'ai souligné *d'abord* parce que ce mot n'est pas venu par hasard. En fin de compte, l'art a pris sa revanche. Mais il s'agit là d'une « vengeance » positive, celle d'un art de sobriété et de dépouillement. Et à ne pas chercher « l'émouvant » on trouve l'émotion — et une émotion vraie.

Jacques-Yves Bellay rend hommage à la puissance émotionnelle de *La place* :

Panorama aujourd'hui, juillet-août 1984.

Au fil des pages, on se laisse prendre et émouvoir par cet homme qui se fait une philosophie toute simple vers la fin de sa vie : vivre comme on est. Ici, la pudeur est de mise et c'est la grande qualité de ce texte. Aucune dérive psychologique ou politique, Annie Ernaux livre des faits avec un minimum de commentaire. Le lecteur est surpris de sortir de ce livre bouleversé. Car, comme tous les grands récits, celui-ci déborde, et de loin, le cadre même de sa propre histoire. Il renvoie à la mémoire de nombre d'entre nous qui ont vu, eux aussi, leurs parents se débattre avec un monde moderne qui les débordait de partout.

On peut lire beaucoup d'ouvrages sur la classe ouvrière, faire de grandes tirades, jamais aucun propos n'arrivera à la cheville de livres comme *La place*. Parce que la vérité se glisse entre chair et peau et non dans les idées.

L'approbation des critiques se nuance, après l'attribution du Renaudot à *La place* de quelques voix outrées, dérangées sans doute dans leurs pronostics ou leurs amitiés. Paul Guth, après avoir ironisé sur les quinze tours de scrutin du jury cette année-là, résume le livre, qu'il assimile à « un petit tas de fiches sociologiques, soigneusement classées, sur l'évolution d'un paysan au xxe siècle » et explique :

La Voix du Nord, 29-11-1984.

Moi-même, fils de mécanicien, j'ai été affronté à ce sujet. Je l'ai traité chaleureusement, à la gasconne. La Normande Annie Ernaux le traite froidement...

Cette froideur cache peut-être des larmes : le remords de s'être laissé éloigner par ses études d'un père très aimé. Le poids de l'inéluctable, de l'inexorable fatalité. Mais notre tristesse à nous aussi, lecteurs, devant cette littérature qui n'en est plus une, devant cette non-littérature, qui serait aisément remplacée par des ordinateurs. Devant cette glaciation générale qui fera bientôt de nous un monde de surgelés.

C'est toujours l'écriture plate qui hérisse Joël Schmidt :

Réforme, 17-11-1984.

Je cherche en vain dans *La place* de Annie Ernaux ce miracle littéraire dont on nous vante l'éclosion depuis le mois de février dernier. Utiliser un français à la limite du basique, se défier de tout adjectif, licencier l'imagination et la mettre à la retraite, couver une syntaxe sans musique, n'utiliser qu'une seule ponctuation, se garder de toute chaleur et de toute sensibilité apparente, seraient-ce les conditions nécessaires et suffisantes pour réussir un roman ou un récit ? Je n'ose le croire. Mais lorsque je vois à quel point les romans d'imagination, qui sollicitent l'évasion, la contemplation et bien entendu la culture sont oubliés délibérément — j'ai à ce sujet une pensée émue pour le grand Marcel Brion — j'ose croire que la cure d'amaigrissement du roman est en train de devenir un régime mortel pour notre littérature.

II. UNE FEMME

Désormais célèbre, Annie Ernaux ne peut espérer éviter quelques critiques négatives. Certains profitent de la publication d'*Une femme* pour soulager leur rancœur. Ainsi Maryse Rossi-Dutheil, qui intitule pompeusement son article « La catharsis d'une conscience », exprime son désaccord dans une langue visant à démontrer son statut d'intellectuelle :

L'Éveil Provence, 2-4-1988.

Il y a quatre ans, j'avais éprouvé une certaine stupeur lors de l'attribution du prix Renaudot à *La place* d'Annie Ernaux. Néanmoins, respectueuse du choix de cette institution, j'en concluai humblement qu'une lecture trop hâtive m'avait sans doute empêchée d'en savourer la *substantifique moelle*. *Une femme* — titre dont le manque d'originalité semble présager celui du contenu — vient corroborer mon impression première. A. Ernaux, réitérant sa précédente prestation, nous replonge avec le même style sec et froid, au sein de son univers parental, désireuse apparemment d'exorciser sa culpabilité envers son père et sa mère, mal aimés d'elle et partant rejetés au nom d'une vanité d'intellectuelle qui la pousse à renier leur classe sociale jugée trop médiocre. [...]

Ernaux use d'une phraséologie si dépouillée et si inexpressive qu'elle en devient symptomatique d'une sécheresse de cœur ou d'une impuissance à traduire ses sentiments. Et l'on attend en vain l'éclatement de la douleur, la déchirure hurlante ou la dérive d'une âme éperdue, elle aussi orpheline, hors des réseaux affectifs et sécurisants, écran opaque qui dissimule la mort, sa propre mort : l'adulte redevenu enfant par une métamorphose à rebours se cherche et veut se recréer grâce à ses souvenirs, quitte à légitimer une réalité jadis désavouée, pour reconstituer ses racines quelles qu'elles soient. Je n'épiloguerai pas sur l'agrammaticalité de quelques phrases, ni sur l'apparente allergie aux subjonctifs imparfaits si chers à Érasme, car ce qui me paraît le plus déplaisant chez A. Ernaux est sa suffisance : malgré une écriture qui n'a rien de sublime, elle note : « Ceci (son livre) est peut-être quelque chose entre la littérature, la sociologie et l'histoire. » De bien grands mots pour un si petit livre ! Et ce « quelque chose » — locution signifiante — ne me semble pas un monument épistémologique digne de figurer parmi les éminents chefs-d'œuvre de l'esprit humain.

Nonobstant cela, A. Ernaux soucieuse d'attester voire de conforter sa condition d'intellectuelle, met en exergue à son livre une pensée d'Hegel : certes, il est bienséant et de bon ton de prouver que l'on est nourri de culture littéraire ou philosophique, mais un tel choix suggère subrepticement au lecteur que l'ouvrage lui-même est imprégné de sagesse ou d'érudition : cette citation hégélienne représente le poinçon qui certifie l'authenticité d'une méditation riche et féconde ; aussi la chute n'en est-elle que plus brutale car l'intellect alléché, comme le renard de la fable, par le fromage promis, se sent frustré devant la saveur plate du récit.

Pol Vandromme, au nom de sa conception du roman, « épreuve de maîtrise », ouverture aux « larges horizons », royaume de l'imagination, exécute l'œuvre :

Nous prendre pour des balourds et la littérature pour une turlutaine : c'est beaucoup, c'est trop, c'est beaucoup trop. À la limite, un roman peut exister par l'effet du tempérament du romancier. Mais un récit sans style et sans hauteur — avec des mots au ras du sol (quoique dans le vent) et des insistances professorales — c'est une espèce de néant qui, dans le cas qui nous intéresse, se laisse lire.

Pourquoi pas, 7-4-1988.

Mais, dans l'ensemble, *Une femme* est accueillie par des articles flatteurs. Roger Balavoine approuve les choix stylistiques d'Annie Ernaux :

Annie Ernaux a resserré encore son style. L'écriture, réduite au minimum, véhicule les idées en dehors des phrases. Les images sont dans les blancs, entre les mots, dans les respirations entre les phrases. [...]

Aujourd'hui, dans cette pudeur extrême qui glace le sang, Annie Ernaux revoit cette femme qui a tout donné pour l'élever. Et nous la voyons vivre et disparaître. Mais ce n'est pas une disparition : le livre sauve cette femme de l'oubli...

Paris-Normandie, 4-2-1988.

De même que Michel de Decker :

Une femme, La place... même autopsie, même amour douloureux, même froideur clinique. Même langage. Desséché à l'extrême. La phrase d'Annie Ernaux est, si j'ose dire, concentrée, déshydratée, lyophilisée... mais avec l'émotion qu'elle suscite (c'est poignant de bout en bout !) elle gonfle, la phrase, elle vous enfle le cœur !

Eure-inter-information, 4-2-1988

Michel Raingeard est également sensible à la concision de l'auteur :

Personne n'a jamais mieux dit la pesanteur des

Feuilles d'annonces-Valenciennes, 6-2-1988.

origines avec pareille économie de moyens, avec une minutie narrative impitoyable qui cache, sous sa froideur, une émotion contenue. Il est rare de trouver des pages d'une telle qualité. Annie Ernaux est un écrivain, et ce n'est peut-être pas seulement parce qu'elle vient du pays de Caux qu'on est tenté de lui dire qu'elle a décanté Flaubert. On ne peut maintenant qu'attendre puisqu'elie a, si l'on ose dire, « évacué » les siens (en nous les rendant proches), qu'elle se manifeste dans sa plénitude en dehors d'eux.

Jean David condense en un sujet de narration tous les choix littéraires d'Annie Ernaux pour mieux valoriser sa réussite :

VSD, n° 544, du 4 au 10-2-1988.

Exercice d'école : « Racontez la vie et, éventuellement, la mort de votre mère. Vous vous attacherez avant tout à l'exactitude des faits cités. L'évocation de souvenirs personnels, sous la forme d'images, pourra être acceptée, sous réserve qu'elle soit exclusive de toute effusion sentimentale. » Sujet périlleux. Le parti pris de la véracité absolue enveloppe souvent une stratégie littéraire. Un Modiano, avec ses textes fascinants et lacunaires, n'est pas exempt d'un soupçon de roublardise par laquelle l'ostentatoire économie des moyens est le vêtement élégant de la faiblesse d'inspiration. Rien de tel chez Annie Ernaux. Dans *Une femme* comme jadis dans *La place*, aucune zone d'ombre artificiellement entretenue ne cherche à laisser croire à d'hypothétiques profondeurs. Née du récit et de la remémoration, l'image de l'être disparu est là, bien vivante, cohérente ou seulement brisée des aléas qui sont la matière de toute vie. Les petites vérités de chaque jour, celles du corps et de la voix, peuvent être dites. S'il en existe une autre, la grande, la Vérité sur toute chose, elle ne peut pas être pensée, elle ne peut être que « soufferte ». Le beau texte d'Annie Ernaux met discrètement en scène l'indicible. C'est le roman bien tempéré. Mais ne nous y trompons pas : le roman bien tempéré peut donner aussi le diapason des orages...

Monique Balmer apprécie la pudeur du livre et en fait un éloge chaleureux :

Femina Matin, n° 11, 13-3-1988.

Face à ce petit livre de rien du tout, on aimerait se taire. Ne rien dire d'autre que lisez-le, lisez-le d'urgence. Il dit tout. Et puis, c'est vrai, on se reprend. Le public est habitué aux explications. Il faut au moins dire pourquoi on préférerait se taire. Voilà. Parce qu'il est difficile de parler de l'émotion qui vous prend là, de celles qui courent le long de la colonne vertébrale, de celles qui vous donnent la chair de poule ou des frissons. Une émotion physique, comme un court-circuit. Il est d'autant plus difficile de parler ici d'émotion que l'auteur n'en parle pas, que l'auteur n'écrit pas pour nous voir sortir nos mouchoirs. Elle dit. Elle décrit. Et nous, on déguste. Annie Ernaux parle de sa mère, une femme, sans un seul mot de trop. Pour une fois, on ne va pas en rajouter. Lisez-le.

C'est cette même retenue que valorise Martin Melkonian :

La Quinzaine littéraire, n° 504, du 1er au 15-3-1988.

Comme s'il était possible de capter mécaniquement ou électroniquement le silence de l'être — ses cris sans cris, ses obstacles invisibles, ses abîmes sans vertiges —, Annie Ernaux enregistre le mouvement d'un impercepible retrait. Retrait de la mère en soi. Qui meurt. Qui est morte. En 1986. Et la disparue, adhérant encore au monde par la nostalgie du terroir normand et la tourmente de la condition prolétarienne (« refuser la pauvreté »), revient, pour nous seuls, lecteurs, tandis que la fille — l'auteur — pleure sur le lien à jamais rompu. [...]

La recherche autobiographique d'Annie Ernaux se situe, d'après ses propres termes, au-dessous de la littérature. Efficace et crue, elle brille grâce à une quasi-absence de moyens. Par l'entremise d'un trouble. D'un *en direct du deuil* qui ne se soucie pas de la perfection syntaxique et grammaticale.

Dans le compte rendu d'une interview que l'auteur lui a accordée, Monique Verdussen dégage des différences entre *La place* et *Une femme* :

Ici encore, le style est extrêmement dense et lisse. Mais il est cependant moins plat, moins neutre et moins sec que dans *La place*. Le regard aussi est autre. Il était relativement indulgent et flou pour le père. Il est plus aigu, plus cruel, mais plus complice aussi pour la mère. On la sent loin et proche de cette femme qui n'est plus. Contre et avec. Le refus viscéral de ce qu'elle était à certains moments de l'évolution de sa fille trouve une sorte de compensation dans la lucidité affective et dans les blessures indélébiles avec lesquelles celle-ci la prend littérairement en charge.

La Libre Belgique, du 2 au 4 avril 1988.

Et elle conclut :

Donnant tout à la recherche de la vérité, Annie Ernaux n'hésite pas à aller jusqu'à l'impudeur. Et l'on y prend, malgré soi, un sentiment de voyeurisme. On est dérangé, violenté. On a un peu froid sous la cruauté d'éclairage de ce livre, même si une bouleversante tendresse en sous-tend le projet. Et finalement, plutôt que

Ibid.

penser : « C'est un beau livre », on songe que c'est un livre qui va loin. Un livre fort. [...]

Une femme est un livre qui fait mal et provoque. On n'en sort pas vraiment indemne. On en sort secoué. Et le regard plus ouvert.

Comparant *Les armoires vides*, *La place* et *Une femme*, Alain Rémond salue « le ton Ernaux » :

Les armoires vides, c'est écrit dans un style canaille, déluré, provocateur. Avec *La place*, Annie Ernaux, qui écrit à la première personne pour raconter la mort de son père, impose le silence à sa plume, balaie les effets faciles, décape les mots, les passe au papier de verre. Et, par cette ascèse, évite tous les pièges : le populisme, le misérabilisme, l'apitoiement, le pathétique. Tendue, concentrée sur l'essentiel, sa prose touche en plein cœur, et vibre, et propage la force de son impact, infiniment. La « trahison », l'irrémédiable passage de la frontière, ce mur de silence entre elle et son père, ce « jamais plus, jamais plus... » qui déchire, tout cela est dit comme au bord du gouffre, d'extrême urgence, d'une voix blanche et sèche.

Télérama, du 16 au 22-4-1988.

Avec *Une femme*, publié cette année, récit, cette fois, de la mort de sa mère, Annie Ernaux a retrouvé cet art de l'essentiel. [...]

Cette voix ténue, têtue, nous l'avons dans l'oreille comme un des plus beaux chants de ces dernières années. Nous ne l'oublierons pas.

V. CONVERGENCES

I. L'ÉCRIVAIN ISSU DE MILIEU POPULAIRE

Il est frappant d'observer à travers des choix stylistiques différents la permanence de certaines pratiques chez tous ceux qui ne sont parvenus à l'écriture qu'en s'écartant de leur milieu d'origine. Annie Ernaux, dans *Partie prenante* (octobre 1985), voit dans cette situation la source d'une sorte de mission spécifique de l'écrivain.

Je crois que l'écrivain élevé d'abord, chez lui, dans la culture populaire, a conscience de ne pas avoir le même rapport au réel et à l'écriture que l'écrivain indigène de la culture dominante. Enfant, il a connu des « difficultés » surmontées il est vrai, par exception, et des façons de vivre qui lui paraissaient à lui aussi « naturelles » jusqu'à ce qu'il se rende compte qu'elles n'étaient pas reconnues, donc exprimables. Il s'est senti au-dessous de la littérature avant d'en être proche. Dans cette vision de l'entre-deux qui est la sienne, il a des choses à dire différentes de celles que disent les écrivains d'origine bourgeoise, et dans une forme différente. C'est une sorte de privilège dont il faut avoir le courage de se servir, pour, peut-être, ne pas être venu au monde pour rien... Cette croyance-là me pousse toujours.

Nous présenterons quelques rapprochements, conscient cependant que, dans le cadre de cette étude, une telle tentative est nécessairement partielle. Cette démarche a pour but d'insérer Annie Ernaux dans une tradition littéraire, particulièrement vivace aujourd'hui, et de suggérer des pistes à explorer.

JULES MICHELET

Dès le XIXe siècle, certains écrivains, nés dans les classes sociales modestes, ont dépeint le peuple de l'intérieur, sans cette distance ironique d'un Flaubert ou d'un Maupassant, sans l'idéalisation attendrie d'une George Sand. Ainsi, Michelet (1798-1876), dont l'enfance fut pauvre et qui dut travailler dès douze ans dans la petite imprimerie paternelle, s'efforça de ne jamais trahir ses origines. Il organisa donc sa vision de l'histoire autour du peuple, martyr exploité ou héros révolutionnaire, dans une langue toujours véhémente. *Le peuple* (1846) proteste contre la misère du monde ouvrier, dont l'*Histoire de la Révolution* (1847-1853) raconte l'épopée.

JULES VALLÈS

Vallès (1832-1853), dont les parents ne rêvaient que de s'intégrer à la petite bourgeoisie — eux qui étaient de souche paysanne —, s'est rebellé contre leur ambition, refusant de devenir un « Monsieur ». Dans *L'enfant* (1876), l'auteur manifeste le bonheur de vivre à la campagne, près des artisans et des laboureurs, et exalte la saine morale des gens du peuple. Quasiment martyrisé par une mère petite-bourgeoise, avare et brutale, le narrateur, Jacques Vingtras, si proche de l'auteur, dénonce les efforts odieux de sa famille pour lui donner une éducation qu'elle-même ne possède pas, alors qu'il envie les milieux modestes de cordonniers, épiciers ou charcutiers où les parents savent aimer généreusement leurs enfants. L'infériorité culturelle devient alors secondaire, amplement compensée par les qualités de cœur :

Braves gens. Ils juraient, sacraient, en lâchaient de salées ; mais on disait d'eux : « Bons comme le bon pain, honnêtes comme l'or. » Je respirais dans cette atmospère de poivre et de poix, une odeur de joie et de santé ; ils avaient la main noire, mais le cœur dessus ; ils balançaient les hanches et tenaient les doigts écarquillés, parlaient avec des velours et des cuirs — c'est le métier qui veut ça, disait le grand Fabre. Ils me donnaient l'envie d'être ouvrier aussi et de vivre cette bonne vie où l'on n'avait peur ni de sa mère, ni des riches, où l'on n'avait qu'à se lever de grand matin, pour chanter et taper tout le jour.

Jules Vallès, *L'Enfant*, Livre de poche, p. 103.

L'autobiographe romancée se poursuit dans *Le bachelier* et *L'insurgé*, Vallès démontrant par son personnage que l'accession à la bourgeoisie est à la fois impossible et dénuée d'intérêt pour un enfant défavorisé. Ni l'intelligence ni les diplômes ne peuvent servir à ce déraciné à qui il ne reste plus, comme solution honorable, que l'action révolutionnaire. Logique, l'écrivain mit en pratique ses convictions comme le prouvent sa participation à la Commune et sa fonction de rédacteur en chef du journal *Le Cri du peuple*.

CHARLES-LOUIS PHILIPPE

Charles-Louis Philippe (1874-1909), fils d'un sabotier de village, raconte, en la transposant, sa jeunesse souffrante d'enfant malade et de lycéen brimé, dans un livre publié en 1900 à compte d'auteur : *La mère et l'enfant*. Selon Giraudoux, Philippe est le seul écrivain français « qui, né du peuple, n'ait pas trahi le peuple en écrivant ».

Comme chez Annie Ernaux, le livre oscille entre deux centres : un portrait de la mère et une autobiographie. Mais ici, le point de vue est à la fois

plus étroit et plus lénifiant. Destiné à une mère vivante (« Tu prendras des lunettes pour lire ces phrases. Tu épelleras mot à mot... », l'œuvre dépeint cette femme pauvre en victime (des médecins incompétents, des instituteurs idéalistes, des bourgeois distraitement protecteurs), sans jamais proférer le moindre reproche sur celle qui reste une divinité tutélaire idéalisée. De plus, elle n'est vue qu'en tant que mère car, contrairement à Annie Ernaux, Charles-Louis Philippe ne s'intéresse pas à la personnalité globale de cette femme. On ne sait rien de son enfance ni de ses réactions en dehors de son rôle maternel. La prose poétique de l'auteur chante donc ses vertus :

Maman, tu es toute petite, tu portes un bonnet blanc, un corsage noir et un tablier bleu. Tu marches dans notre maison, tu ranges le ménage, tu fais la cuisine et tu es maman. Tu te lèves le matin pour balayer, et puis tu prépares la soupe, et puis tu viens m'éveiller. J'entends tes pas sur les marches de l'escalier. C'est le jour qui arrive avec l'école, et je ne suis pas bien content. Mais tu ouvres la porte, c'est maman qui vient avec du courage et de la bonté. Tu m'embrasses, et je passe les bras autour de ton cou et je t'embrasse. C'était le jour qu'accompagnait l'école, maintenant c'est le jour que tu accompagnes. Tu es une bonne divinité qui chasse la paresse. Tu entrouvres la fenêtre et l'air et le soleil c'est toi, et tu es encore le matin et le travail. Tu es, ici, à la source de mes actions, et tes gestes me donnent mes premières pensées et ta tendresse me donne mon premier bonheur.

Charles-Louis Philippe, *La mère et l'enfant*, Folio, n° 1509, p. 93.

L'autre aspect du livre, plus virulent, conte la progressive désillusion d'un enfant qui découvre qu'on l'a berné :

Vous avez créé des bourses dans les lycées et collèges pour que les fils d'ouvriers deviennent pareils à vous. Et lorsqu'ils sont bacheliers comme vous, vous les abandonnez dans leurs villages. Vous gardez pour vous les riches professions qu'ils devaient avoir et vous riez, vous avez vingt ans, quelques-uns des vôtres sont des poètes ! Et cela démontre que si l'on est fils d'ouvrier il ne faut pas s'élever au-dessus de sa classe. Le curé parlait de moi à des maçons : Voyez-vous, on fait instruire des enfants et ensuite on ne sait pas qu'en faire.

Ibid., p. 135.

Dans *La mère et l'enfant*, la rancune du déclassé se tourne tout entière contre la bourgeoisie, épargnant le petit peuple, ici les parents. Dans *Le Père Perdrix* (1902), Charles-Louis Philippe sera plus amer et montrera les mécanismes par lesquels une famille ambitieuse pousse un enfant à trahir sa classe. Dans les deux ouvrages, la culture acquise n'est même pas libératrice. Inapte au travail manuel, mais aussi incapable d'exercer l'autorité intellectuelle bourgeoise, le fils prodige est condamné à la déchéance. Le chômage dont il est frappé devient alors la sanction visible d'une inutilité plus profonde : « Moi, je suis un homme du peuple et je veux travailler comme les autres » (*La mère et l'enfant*, Folio, p. 137).

CHARLES PÉGUY

Charles Péguy (1873-1914), né à Orléans d'un menuisier et d'une rempailleuse de chaises, perd son père quand il a quelques mois. Il grandit entre sa mère et sa grand-mère, une paysanne illettrée. Élève brillant, boursier, il obtient une licence de philosophie et entre à l'École normale supérieure. Dans *Victor-Marie, comte Hugo* (1911), sous le

titre « Solvuntur objecta », Péguy rend ainsi hommage à ses ancêtres paysans, dans une sorte de dialogue avec Daniel Halévy :

Les tenaces aïeux, paysans, vignerons, les vieux hommes de Vennecy et de Saint-Jean-de-Braye, et de Chécy et de Bou et de Mardié, les patients aïeux qui sur les arbres et les buissons de la forêt d'Orléans et sur les sables de la Loire conquirent tant d'arpents de bonne vigne n'ont pas été longs, les vieux, ils n'ont pas tardé ; ils n'en ont pas eu pour longtemps à reconquérir sur le monde bourgeois, sur la société bourgeoise, leur petit-fils indigne, buveur d'eau, en bouteilles. Les ancêtres au pied pertinent, les hommes noueux comme les ceps, enroulés comme les vrilles de la vigne, fins comme les sarments et qui comme les sarments sont retournés en cendre. Et les femmes au battoir, les gros paquets de linge bien gonflé roulant dans les brouettes, les femmes qui lavaient la lessive à la rivière. Ma grand-mère qui gardait les vaches, qui ne savait pas lire et écrire, ou, comme on dit à l'école primaire, qui ne savait ni lire ni écrire, à qui je dois tout, à qui je dois, de qui je tiens tout ce que je suis : Halévy votre grand-mère ne gardait pas les vaches : et elle savait lire et écrire ; je n'ajoute pas *et compter*. Ma grand-mère aussi savait compter. Elle comptait comme on compte au marché, elle comptait *de tête, par cœur*. Mais je ne sais pas comment elle faisait son compte, la brave femme, c'est le cas de le dire, elle n'a jamais réussi à compter que dans les dernières décimales. Vous savez que je me suis un long temps défendu. L'homme est lâche. C'est ici, c'est en ceci que je fus traître. Et en ceci seulement. L'École Normale (la Sorbonne), le frottement des professeurs m'avaient un long temps fait espérer, ou enfin laissé espérer que moi aussi j'acquerrais, que j'obtiendrais

Charles Péguy, *Victor-Marie, comte Hugo*, Gallimard, p. 18-19.

cette élégance universitaire, la seule authentique. La seule belle venue. Vous connaissez le fond de ma pensée. Mes plus secrets espoirs ne vous ont point échappé. Les rêves de mes rêves ne vous sont point cachés. Eh bien, oui, je le dirai, j'irai jusqu'au bout. De cette confession. Puisqu'aussi bien vous le savez. Eh bien oui, moi aussi j'espérais qu'un jour j'aurais cette suprême distinction, cette finesse, cette suprême élégance d'un (Marcel) Mauss, (pas le marchand de vin), la diction, la sévère, l'impeccable, l'implacable diction, la finesse d'un *Boîte-à-fiches*. À cette expression, à ce lourd surnom trivial, à cette grossièreté vous reconnaissez que je ne me défends plus. Quarante ans est un âge terrible.

Refusant de renier ses origines il écrit :

[...] on voit bien ce que l'on perd, on ne voit nullement ce que l'on gagnerait. On ne devient jamais qu'un bourgeois manqué, un bourgeois feint, un faux bourgeois, un bourgeois faux. Et on perd d'être un authentique paysan. On ne gagnerait jamais des qualités qui manquent, des vertus que l'on n'a pas. Et l'on perd ce que l'on a de meilleur, mettons que je veux dire le peu que nous avons de bon.

Ibid., p. 28.

Et il souhaite :

Puissé-je écrire comme ils accolaient la vigne. Et vendanger quelquefois comme ils vendangeaient « dans les bonnes années ». Puissé-je écrire seulement comme ils causaient.

Ibid., p. 24-25.

Écrivain d'expression française, Albert Memmi est né en 1920 à Tunis dans une famille juive pauvre. De langue maternelle arabe, il accumule au lycée français toutes les raisons d'exclusion : financières, religieuses, linguistiques. *La statue de sel* (1953), roman autobiographique, raconte son enfance. Comme *La place*, le récit débute sur un examen l'« épreuve » pendant lequel le narrateur, prenant brutalement conscience de l'absurdité de sa situation, commence à écrire son histoire :

Je ne sais plus m'entretenir que de moi-même. Peut-être me faut-il d'abord régler mon propre compte. Quel aveuglement sur ce que je suis, quelle naïveté d'avoir espéré surmonter le déchirement essentiel, la contradiction qui fait le fond de ma vie !

Albert Memmi, *La statue de sel*, Folio, n° 206, p. 13.

L'avant-dernier chapitre revient sur cet examen — dont les sept heures d'épreuve auraient donc servi à rédiger l'ensemble du livre — :

Puis-je encore prendre au sérieux cet univers de convention, de valeurs arbitraires, les examens et leurs petites émotions, les risibles hiérarchies de l'administration ?

Ibid., p. 356.

Comme Annie Ernaux, il ressent une certaine honte devant sa famille. Ainsi, au moment de partir en colonie de vacances, il constate :

Plus encore que la mienne, la solitude de mes parents, intimidés et silencieux, me pinça le cœur. Je les vis, pour la première fois, gauches et honteux d'eux-mêmes... Ils chuchotaient, probablement gênés de leur patois, qui m'apparut vulgaire et déplacé.

Ibid., p. 59.

Lui aussi conclut :

Ce n'est pas le ressentiment ou l'orgueil qui m'ont coupé de mes parents, mais un sentiment bien plus rongeur : la culpabilité.

Ibid., p. 130.

Il désigne l'école comme responsable :

J'appris à distinguer plus nettement les us et coutumes de l'école de ceux de la maison, à l'avantage indiscuté de ceux de l'école.

Ibid., p. 80.

La connaissance fut peut-être à l'origine de tous les déchirements, de toutes les impossibilités qui surgirent dans ma vie. Peut-être aurais-je été plus heureux dans le rôle d'un juif du ghetto, confiant en son Dieu et ses livres inspirés.

Ibid., p. 98.

Comme Annie Ernaux, il est très sensible à son infériorité linguistique :

Je ne parlais comme personne, malheureusement. J'essayais de prononcer une langue qui n'était pas la mienne... [je] portais mes marques avec ostentation et roulais les *r* plus fort. Mais j'avais beau faire, je les enviais.

Ibid., p. 120.

J'affectais de refuser le langage châtié, trop policé. C'est le fond qui m'importait, qui devait dicter les mots pour le nommer. Je ne refusais ni l'argot, ni l'invention verbale, ni même l'incorrection si elle me paraissait efficace. Je ne sais plus aujourd'hui si j'étais bien sincère. Peut-être sentais-je que, malgré mes efforts, jamais je ne parlerais aussi bien que mes camarades dotés par leur naissance d'un outil quasi parfait.

Ibid., p. 124.

Son constat final est amer :

Moi je suis mal à l'aise dans mon pays natal et n'en connais pas d'autre, ma culture est

Ibid., p. 364.

d'emprunt et ma langue maternelle infirme, je n'ai plus de croyances, de religion, de traditions et j'ai honte de ce qui en eux résiste au fond de moi.

Je vis bien que si je me coupais inévitablement de mon milieu d'origine, je n'entrais pas dans un autre. À cheval sur deux civilisations, j'allais me trouver également à cheval sur deux classes.

Ibid., p. 123.

La solution qui s'impose alors à lui sera également celle d'Annie Ernaux :

Je découvris un terrible et merveilleux secret qui, peut-être, me ferait supporter ma solitude. Pour m'alléger du poids du monde, je le mis sur le papier : je commençai à écrire.

Ibid.

ALBERT COHEN

Albert Cohen (1895-1981), juif de Corfou, immigré avec ses parents à Marseille, fait des études de droit et finit par devenir directeur de division aux Nations unies. *Le livre de ma mère* (1954) est un chant d'amour et de regret dédié à sa mère morte dix ans plus tôt (le 10 janvier 1943). Comme la mère d'Annie Ernaux, elle tenait un petit commerce, ici d'œufs et d'huiles, et n'était pas reçue dans la société bourgeoise. Cohen s'interroge : « Je ne sais pas pourquoi je raconte la vie triste de ma mère. C'est peut-être pour la venger. » Il montre les efforts qu'elle faisait pour ne pas humilier son fils lorsqu'elle venait chez lui à Genève :

Devant mes amis, elle essayait de réprimer ses gestes orientaux et de camoufler son accent, à demi marseillais et à demi balkanique, sous un murmure confus qui se voulait parisien. Pauvre chérie.

Albert Cohen, *Le livre de ma mère*, Folio n° 561, p. 61.

Cohen se rappelle douloureusement une scène qu'il lui fit parce que, inquiète, elle avait osé téléphoner à quatre heures du matin chez la comtesse qui l'avait invité :

Et pourquoi cette indigne colère ? Peut-être parce que son accent étranger et ses fautes de français en téléphonant à ces crétins cultivés m'avaient gêné. Je ne les entendrai plus jamais, ses fautes de français et son accent étranger.

Ibid., p. 74.

Bourrelé de remords, il écrit :

Elle ne s'indignait pas d'être ainsi mise de côté. Elle ne trouvait pas injuste son destin d'isolée, son pauvre destin de rester cachée et de ne pas connaître mes relations, mes idiotes relations mondaines, cette sale bande de bien élevés. Elle savait qu'elle ne connaissait pas ce qu'elle appelait « les grands usages ». Elle acceptait, bon chien fidèle, son petit sort d'attendre, solitaire dans mon appartement et cousant pour moi, d'attendre mon retour de ces élégants dîners dont elle trouvait naturel d'être bannie. Attendre dans son obscurité, tout en cousant pour son fils, humblement attendre le retour de son fils lui suffisait. Admirer son fils revenu, son fils en smoking ou en habit et bien-portant, suffisait à son bonheur. Apprendre de lui les noms des importants convives lui suffisait. Connaître en détail les divers plats du luxueux menu et les toilettes des dames décolletées, de ces grandes dames qu'elle ne connaîtrait jamais, lui suffisait, suffisait à cette âme sans fiel. Elle savourait de loin ce paradis dont elle était exclue. Ma bien-aimée, je te présente à tous maintenant, fier de toi, fier de ton accent oriental, fier de tes fautes de français, follement fier de ton ignorance des grands usages. Un peu tardive, cette fierté.

Ibid., p. 82-83.

Paul Nizan (1905-1940), essayiste et pamphlétaire, condisciple de Sartre à Louis-le-Grand, agrégé de philosophie, militant communiste, donne avec *Antoine Bloyé* (1933) un roman fournissant l'itinéraire moral et intellectuel du héros — ressemblant fortement au père de l'écrivain — tel qu'essaie de le reconstituer son fils, Pierre. Or Antoine, dont le père est modeste employé de gare, réussit bien à l'école. Le narrateur soupire alors :

Il se sentait pauvre, il connaissait de bonne heure cette ambition douloureuse des fils d'ouvriers qui voient s'entrouvrir devant eux les portes d'une nouvelle vie. Comment se refuseraient-ils à abandonner le monde sans joie où leurs pères n'ont pas eu leur content de respiration, de nourriture, le content de leur loisir, de leurs amours, de leur sécurité ? Le malheur c'est qu'ils oublieront ce monde promptement et se feront les ennemis de leurs pères.

Paul Nizan, *Antoine Bloyé*, Grasset, p. 53.

Une bourse permet au héros de poursuivre ses études, sans latin ni grec. Il décroche son diplôme.

Mais ce soir-là, ce soir de victoire enfantine, Antoine pense soudain que sa mère ne sait pas écrire, qu'elle lit seulement les caractères d'imprimerie mais non les lettres manuscrites, qu'elle prononce de travers les mots compliqués, elle dit *un translantique*, elle emploie des mots patois de son pays gallo, *driver* pour vagabonder, *caballer* pour tomber, *sia* pour oui et cela fait rire les gens des villes. [...] Ainsi Antoine commence à éprouver [...] que le monde vers lequel ses études le poussent, où l'entraîne une naïve ambition est assez loin du monde où depuis leur jeu-

Ibid., p. 61.

nesse ont vécu ses parents, il sent un commencement de séparation, il n'est plus exactement de leur sang et de leur condition, il souffre déjà comme d'un adieu, comme d'une infidélité sans retour.

Englué dans le monde petit-bourgeois, Antoine Bloyé ne trouvera de satisfaction que dans son travail, encore devra-t-il subir une douloureuse dégradation à la suite d'un incident sur un convoi. Il meurt neurasthénique, profondément seul. Comme *La place* et *Une femme*, le livre débute par la cérémonie funèbre et s'achève sur la mort du personnage.

Sur le plan social, Antoine Bloyé et Annie Ernaux ont vécu le même drame. Mais, dans le roman de Nizan, la narration est assumée par le fils, ce qui facilite la sérénité de l'analyse. N'étant pas impliqué dans la tragédie, n'ayant aucun remords à apaiser, il peut entrer en sympathie avec son père. Une telle tentative serait trop culpabilisante pour Annie Ernaux, puisque c'est par elle que son père a souffert.

JEAN GUÉHENNO

Jean Guéhenno (1890-1978) est né à Fougères. Ce fils d'un pauvre cordonnier doit quitter le collège pour gagner sa vie à quatorze ans. Il passe le baccalauréat en candidat libre, est admis à l'École normale supérieure, devient agrégé de lettres puis gravit les échelons de l'enseignement, parallèlement à une carrière de journaliste. Il finit inspecteur de l'Instruction publique et académicien. *Changer la vie* (1961) raconte son enfance et sa jeunesse. Plein de tendresse pour ses parents et le monde ouvrier, il avoue :

S'il faut le dire, je sens souvent la sourde inquiétude d'une sorte de trahison. Il y a si loin du monde où je suis né au monde où je vis désormais. J'ai « changé la vie » mais je ne l'ai changée que pour moi. Je m'en suis tiré bourgeoisement. Il s'agissait bien de devenir bachelier et de conquérir, les uns après les autres, tous les titres qui finiraient par me transformer en un Monsieur et m'asseoir dans quelque fauteuil. J'ai quitté les usines de la cordonnerie pour celles de la culture officielle, mais elles ne sont peut-être pas si différentes. Il est bien des façons d'être robot, et les plus dangereuses sont les plus brillantes. Plus fort, plus généreux, plus solide, j'aurais mieux supporté les misères de notre vie, je serais demeuré parmi les miens, je ne me serais pas séparé. J'aurais lu des livres, mais d'autres, et sans songer à en tirer un profit immédiat. J'aurais seulement attendu d'eux qu'ils me révèlent la grandeur de la vie. Alors, parce qu'elle se retrouve partout, je l'aurais reconnue tout près de moi, dans la condition même que je méprisais et j'aurais regardé avec les yeux de l'amour les gens vivre autour de moi. Alors peut-être aurais-je eu quelques chances de devenir vraiment un artiste, je veux dire un de leurs témoins capable de proclamer ce qu'ils espéraient et ce qu'ils souffraient.

Jean Guéhenno, *Changer la vie*, Grasset, 1961, p. 14.

Guéhenno estime lui aussi avoir perdu le bonheur dans cette promotion :

J'ai passé ma vie à ne plus bien savoir comment vivre. J'ai tenu en vain de petits carnets « pro remedio animae meae », toujours inquiet entre deux pensées, entre deux mondes, l'un celui de ma jeunesse et de mes plus chers souvenirs, où il me semble, à tort ou à raison, qu'une vie difficile, mais forte, généreuse et simple laisse la

Ibid., p. 135-136.

conscience n'être que l'instinct du juste pour tous les hommes, l'autre, celui de mon désir propre où la passion du vrai et du beau elle-même a fini par me jeter dans de petits chemins trop personnels et où, peut-être, on ne sait plus aimer.

FRANÇOIS CAVANNA

François Cavanna est né en 1923 à Paris d'un maçon italien et d'une paysanne de la Nièvre qui fait des ménages. Figure haute en couleur de *Hara-Kiri* et de *Charlie-Hebdo*, il publie en 1978 *Les ritals.* Quoique essentiellement dédié au père, le livre dépeint au passage l'enfance de sa mère, qui rappelle certaines situations décrites dans *La place* ou *Une femme*. Ainsi, le grand-père, ouvrier dans une aciérie, retire sa fille de l'école pour la placer dans une ferme où elle garde les cochons. Cavanna confirme également les goûts culturels du peuple à cette époque en mentionnant les lectures favorites de sa mère : *La dame aux camélias*, *La porteuse de pain*, *Roger la Honte*, *Le tour de la France par deux enfants*, *Les misérables*. Pour l'essentiel, *Les ritals* sont un chant en l'honneur du père qui ne sait pas lire, mais est généreux et a le sens de l'humour. Quoique l'objectif soit d'abord biographique et sociologique comme le prouve le titre *Les ritals*, Cavanna prend plaisir à raconter son enfance. Lui aussi, nécessairement, a découvert à l'école un monde différent. Mais il n'y a pas trace d'amertume chez le narrateur, qui considère plus l'aspect financier que culturel de sa situation :

Je me rends bien compte qu'il y a des gens pas comme nous. Les patronnes de maman, par exemple. Aussi les gens qui disent « je » dans les

Cavanna, *Les ritals*, p. 243-244.

livres : ils ont une robe de chambre, ils lisent des vieilles éditions très précieuses, ils ont un domestique fidèle qui leur apporte le cognac sur un plateau, quand ils prennent le train il y a un porteur qui porte leurs valises ils font des citations latines en conversant avec de vieux amis, ils sont très spirituels et très instruits. Aussi les gens qu'on voit au cinéma, dans des chambres à coucher en satin blanc où il y a des femmes blondes platinées en déshabillé transparent avec du duvet de cygne. Aussi les gens sur les affiches et dans les publicités des journaux, toujours bien habillés, complet-veston, chapeau, ils sont si contents d'avoir acheté une Renault, elle est tellement plus confortable, plus sûre, plus rapide, et quelle économie !... Ces gens-là, comment dire, c'est pas du vrai. [...]

Je suis pas humilié qu'on soit pauvres, puisque j'y pense pas. Simplement, ça me gêne, des fois, quand il y a des trucs que j'aurais envie d'avoir et que je peux pas parce que c'est des choses qui s'achètent et que c'est même pas la peine d'en parler à la maison, impensable, chez nous on n'achète pas, et ça me choque pas, ça me paraît normal, ces choses qui me font envie sont des choses pour les gens des affiches et du déshabillé à plumes de cygne, comme eux elles sont de l'autre côté, dans ce monde de littérature, de l'autre côté de cette espèce de vitre.

Pourtant Cavanna reconnaît ailleurs (*À ma mère*, Marcel Bisiaux, Catherine Jajolet, *op. cit.*) : « J'avais honte de mon père. » En écrivant *Les ritals* il a donc opté pour l'optimisme et la bonne humeur.

Tahar Ben Jelloun, né en 1944, auteur marocain d'expression française *(L'enfant de sable, La nuit sacrée)*, a pour mère une analphabète puisque les Marocaines n'ont été envoyées à l'école que dans les années quarante. Dans une interview donnée pour l'ouvrage *À ma mère*, il regrette de ne pas avoir essayé de lui apprendre à lire, mais ne ressent aucun problème de communication avec elle :

C'est une femme analphabète mais qui a une grande culture. Sa propre culture, et parfois, je suis très étonné de ses réactions, de ses connaissances. [...] Je pense que je lui dois le fait d'écrire. D'une manière indirecte, discrète et silencieuse, elle est à l'origine de beaucoup de pages que j'ai écrites. Elle a toujours été dans l'ombre de tout ce que je fais... Chaque fois que j'écris, je lui raconte un peu l'histoire, je lui dis de quoi je parle, elle s'y intéresse, cela la fait rire parfois. Il lui arrive même de rectifier certains événements.

Tahar Ben Jelloun, *in* Marcel Bisiaux et Catherine Jajolet, *À ma mère*, p. 36-37.

Il conclut :

Dans la culture musulmane traditionnelle, le rapport des enfants aux parents est très différent de celui qui existe en Occident. Ce n'est pas forcément meilleur, c'est différent. J'ai toujours été choqué quand j'ai lu des livres où certains écrivains occidentaux règlent leurs comptes avec leurs parents. Chez nous, il y a une religion de l'amour filial. Il est exclu qu'il y ait des différends entre un enfant et ses parents. S'il y en a, ils seront sans conséquences, on ne les verra jamais sur la place publique. Sinon, on encourrait la malédiction.

Ibid., p. 39-40.

On ne juge pas ses parents. On doit toujours au contraire être à la recherche de leur bénédiction.

PETER HANDKE

Dans un article du *Point* du 20 février 1984, J.-P. Amette reproche à Annie Ernaux d'avoir « écrit quelque chose qui ressemble d'un peu trop près cependant à un chef-d'œuvre : *Le malheur indifférent* de l'écrivain autrichien Peter Handke ». Cette œuvre, publiée en 1972 par un homme de trente ans, a pour point de départ le suicide de la mère de l'auteur, alors âgée de cinquante et un ans. Effectivement on constate quelques pratiques d'écriture similaires. Par exemple, l'auteur s'interroge à plusieurs reprises sur ce qu'il fait :

Voilà près de sept semaines que ma mère est morte, je voudrais me mettre au travail avant que le besoin d'écrire sur elle, qui était si fort au moment de l'enterrement, ne se transforme à nouveau en ce silence hébété qui fut ma réaction à la nouvelle du suicide.

Peter Handke, *Le malheur indifférent*, Folio n° 976, p. 11.

Ou :

Ce qui est écrit ici sur quelqu'un de précis est un peu imprécis, évidemment ; mais seules des généralisations ignorant délibérément ma mère en tant que personnage principal sans doute unique d'une histoire peut-être exclusive peuvent intéresser quelqu'un d'autre que moi — la relation simple d'une vie mouvementée et de sa fin brutale ne serait qu'une gageure...

Ibid., p. 52.

Commençant sur le choc de la mort, le livre raconte chronologiquement mais en discontinu la

vie de la mère. Ce personnage n'est pas sans évoquer l'épicière d'Yvetot. FIlle de paysans pauvres, elle va peu de temps à l'école ; victime de sa condition féminine, elle part vers quinze-seize ans apprendre la cuisine dans un hôtel, a une liaison avec un homme marié, qui sera le père de l'écrivain, puis épouse sans amour un sous-officier. La guerre, la pauvreté et l'alcoolisme de son mari l'usent.

Dans son impuissance, elle se raidit et s'y surpassa. Elle devint susceptible et le dissimula derrière une dignité forcée, anxieuse, sous laquelle perçait à la moindre blessure un être sans défense, saisi de panique. Il était très facile de l'humilier.

Ibid., p. 45.

Au cours de son récit Handke commente lui aussi des photos, utilise des phrases nominales, met des mots en majuscules et insère des expressions de sa mère :

La vie en ville : robes courtes (« de quatre sous »), souliers à talons hauts, permanente et clips aux oreilles, une joie de vivre insouciante. Même un séjour à l'étranger ! femme de chambre en Forêt-Noire, beaucoup d'ADORATEURS, pas d'ÉLU !

Ibid., p. 27.

Comme *La place*, le livre s'achève sur la narration de l'enterrement et se clôt sur une série de brefs paragraphes présentant des images ou des souvenirs tantôt sur l'auteur, tantôt sur la mère :

Faisant partie d'un groupe en promenade dans la montagne, elle voulut à un moment s'écarter pour satisfaire un besoin. J'eus honte d'elle et pleurai, alors elle se retint...

Le souvenir douloureux de ses gestes quotidiens, à la cuisine surtout...

Ibid., p. 119.

Angoisse mortelle quand on se réveille la nuit et que la lumière brille dans le couloir...

Petite, elle était somnambule...

On trouve donc des rapprochements formels intéressants entre les deux œuvres. Mais l'antériorité du *Malheur indifférent* n'interdisait nullement à Annie Ernaux d'écrire *La place* qu'elle construit sur sa propre expérience et dont les choix stylistiques résultent d'une lente maturation (cf. plus haut, p. 177). On notera d'ailleurs de nombreuses différences, sur le plan du vécu évidemment, mais aussi sur celui du public visé, Annie Ernaux refusant certaines tournures de phrases et de pensées qui éliminent les lecteurs populaires.

II. LA « CULTURE DU PAUVRE » : RICHARD HOGGART

Cet écrivain britannique, professeur de littérature anglaise, a publié en 1957 une « Étude sur le style de vie des classes populaires en Angleterre », sous-titre : *La culture du pauvre (The Uses of Literacy)*. Annie Ernaux a déclaré que cet ouvrage l'avait fortement impressionnée[1]. Il s'agit d'une analyse sociologique, basée sur une connaissance autobiographique du sujet mais aussi sur des enquêtes et statistiques, qui fait table rase des préjugés des intellectuels sur le peuple. Le plan utilisé est celui de l'observation ethnographique : habitat, déplacements, rythmes de vie, lieux de travail et de loisirs... En lisant cette étude on voit confirmée la pertinence des

1. Introduction de P. M. Wetherill, à l'édition anglaise de *La place*, Methuen's Twentieth Century Texts, 1987.

remarques d'Annie Ernaux sur les comportements populaires : la nécessité pour l'épicier de quartier de faire crédit, le sentiment de dignité, le scepticisme devant les études (« À quoi ça sert, tous ces bouquins ? Tu crois que tu seras plus heureux après ? », p. 129), le désir de se conformer à la règle, le fatalisme, la volonté de prendre du bon temps ou le plaisir de faire une excursion en car. L'ouvrage s'achève sur un chapitre intitulé « Déracinés et déclassés » qui étudie le problème posé dans *La place*. En voici deux extraits significatifs, le second constituant la fin du chapitre.

Richard Hoggart, *La culture du pauvre*, Éd. de Minuit, 1970 (trad. de Françoise et Jean-Claude Garcias et de Jean-Claude Passeron), p. 352-353.

Le boursier appartient en effet à deux mondes qui n'ont presque rien en commun, celui de l'école et celui du foyer. Une fois au lycée, il apprend vite à utiliser deux accents, peut-être même à se composer deux personnages et à obéir alternativement à deux codes culturels. Il suffit de penser à ses lectures : il voit chez lui des magazines — qu'il lit d'ailleurs attentivement — dont on ne parle jamais à l'école ; à l'école on lui fait étudier des livres dont il n'entend jamais parler chez lui. Quand il rapporte ses livres de classe à la maison, ceux-ci semblent déplacés à côté des livres de la maisonnée, sur l'étagère familiale où ils font à tous l'effet d'outils inconnus et incongrus. De nos jours, il peut espérer échapper aux humiliations les plus cuisantes liées à sa situation équivoque de boursier. Mais certains se souviennent encore du stigmate des vêtements bon marché, des excursions scolaires auxquelles ils ont dû renoncer faute d'argent et surtout de l'entrée remarquée de leurs parents endimanchés dans la salle des fêtes le jour de la distribution des prix...

La vie lui apparaît comme une échelle sans fin, comme un gigantesque système d'examens à répétition où chaque étape est marquée par des félicitations et des exhortations à viser encore plus haut. En même temps qu'il devient un virtuose de l'assimilation, il désapprend tout enthousiasme, autre que de commande, pour le travail. Les connaissances qu'il acquiert, la pensée et l'imagination des auteurs sont pour lui frappées d'irréalité.

L'idéalisme confus des déracinés et leur velléitarisme les empêcheront toujours de s'intégrer complètement à la société et d'en accepter l'idéologie « arriviste ». Ils ne peuvent renoncer à « faire quelque chose ». S'il y a de la mesquinerie dans leur complaisance et leur apitoiement sur eux-mêmes, ils ont aussi leurs qualités éthiques. Dans une société où des forces puissantes tendent à réduire de larges couches de la population à un état de réceptivité passive, cette minorité de déracinés et d'insatisfaits constitue un peu le sel de la terre : ils posent des questions, même si ce ne sont pas exactement celles qu'ils se posent, et ces questions nous concernent tous. Leur condition nous oblige à apercevoir le rôle de l'enracinement social et les effets, souvent inconscients, du déracinement.

Ibid., p. 375-376.

VI. BIBLIOGRAPHIE

1. TRADUCTIONS DE *LA PLACE* et *UNE FEMME*

Les deux œuvres ont été traduites en allemand, anglais, grec, hongrois, japonais, néerlandais et suédois.

La place seule a été traduite en : bulgare, norvégien, polonais, russe, slovaque et tchèque.

Seule *Une femme* est disponible en danois, espagnol, italien et turc.

2. ADAPTATIONS DIVERSES

La place a servi de base à l'émission du 27 mars 1984 sur A2 « Aujourd'hui la vie », qui s'intitulait ce jour-là « Plus haut que père et mère » et proposait des lectures d'extraits de *La place* et des témoignages sur le thème du livre.

Micheline Welter a interprété et adapté *La place* dans un spectacle donné au théâtre de la Condition-des-Soies en 1989.

Micheline Uzan a tiré d'*Une femme*, un spectacle et l'a joué à la Rose des Vents de Villeneuve-d'Ascq, en mars 1989, et au Théâtre des Arts de Cergy-Pontoise, en avril 1989.

La place est disponible en musicassette aux éditions Ducaté. L'auteur lit des extraits qu'accompagne une musique originale.

3. ÉTUDES SUR ANNIE ERNAUX

A. SUR *LA PLACE*

P. M. Wetherill, *La place*, Methuen's Twentieth Century Texts, 1987. Le texte intégral en français est précédé d'une étude en anglais, d'extraits d'interviews d'Annie Ernaux et d'articles de journaux. Il est suivi de notes explicatives tant linguistiques que culturelles et littéraires.

Birte Dahlguen, Kirsten Kofoed et Mariann Huuse, *La place*, éditions Systime, 1987. Ce livre danois donne le texte intégral en français, ainsi qu'une carte géographique, une biographie d'Annie Ernaux suivie d'une interview, deux extraits d'articles de journaux dont l'un en danois et des photos renvoyant au contexte sociologique mais non à la famille de l'auteur. L'ouvrage se termine sur quatre pages de questions amenant le lecteur à réfléchir à sa lecture, dans l'esprit de nos « petits classiques ».

Janine Altounian, « L'enseignement des lettres et la lettre morte (une lecture de *La place* d'Annie Ernaux) ». Article des *Cahiers du* CRELEF, université de Franche-Comté Besançon, n° 25, 1987. Questionnement pédagogique et texte littéraire.

Anne Gillain et Martine Loufti, *Récits d'aujourd'hui*, A Literary Reader, Holt, Rinehart and Winston, Inc., 1989. Le deuxième chapitre est consacré à *La place* ; les premières pages du livre sont retranscrites précédées de questions pour l'analyse et suivies d'une interview de l'auteur.

B. SUR *LA PLACE* ET *UNE FEMME*

Loraine Day et Tony Jones, Glasgow introductory Guides to French Literature, The University, Glasgow, 1990. Un commentaire au fil du texte de chaque œuvre prise séparément.

C. SUR L'ENSEMBLE DE L'ŒUVRE D'ANNIE ERNAUX, DU MOINS JUSQU'À *UNE FEMME*

Claude Prévost et Jean-Claude Lebrun, *Nouveaux territoires romanesques*, Messidor/Éditions sociales, 1990. Les pages 51 à 66 sont consacrées à Annie Ernaux sous le titre : « Annie Ernaux ou la conquête de la monodie ».

Vincent de Gaulejac, *La névrose de classe*, collection Rencontres dialectiques. Un chapitre est consacré à Annie Ernaux ; la deuxième édition comporte une réponse critique de l'auteur de *La place.*

Gro Lokøy, *L'œuvre d'Annie Ernaux, une histoire, plusieurs visions*, mémoire de l'Institut d'études romanes de l'université de Bergen (Norvège), novembre 1992.

4. QUELQUES OUVRAGES DE RÉFÉRENCE

Richard Hoggart, *La culture du pauvre*, Éd. de Minuit, 1970 pour la traduction.

Philippe Lejeune, *Le pacte autobiographique*, Seuil, 1975 ; *Je est un autre*, Seuil, 1980.

TABLE

DOSSIER

DANS LA MÊME COLLECTION

Pascale Auraix-Jonchière *Les diaboliques* de Barbey D'Aurevilly (81)
Jean-Louis Backès *Crime et châtiment* de Fédor Dostoïevski (40)
Emmanuèle Baumgartner *Poésies* de François Villon (72)
Emmanuèle Baumgartner *Érec et Énide, Cligès, Le Chevalier au Lion, Le Chevalier de la Charrette* de Chrétien de Troye (111)
Annie Becq *Lettres persanes* de Montesquieu (77)
Patrick Berthier *Colomba* de Prosper Mérimée (15)
Philippe Berthier *Eugénie Grandet* d'Honoré de Balzac (14)
Philippe Berthier *Vie de Henry Brulard* de Stendhal (88)
Philippe Berthier *La Chartreuse de Parme* de Stendhal (49)
Dominique Bertrand *Les caractères* de La Bruyère (103)
Jean-Pierre Bertrand *Paludes* d'André Gide (97)
Michel Bigot, Marie-France Savéan *La cantatrice chauve / La leçon* d'Eugène Ionesco (3)
Michel Bigot *Zazie dans le métro* de Raymond Queneau (34)
Michel Bigot *Pierrot mon ami* de Raymond Queneau (80)
André Bleikasten *Sanctuaire* de William Faulkner (27)
Christiane Blot-Labarrère *Dix heures et demie du soir en été* de Marguerite Duras (82)
Madeleine Borgomano *Le ravissement de Lol V. Stein* de Marguerite Duras (60)
Arlette Bouloumié *Vendredi ou les limbes du Pacifique* de Michel Tournier (4)
Marc Buffat *Les mains sales* de Jean-Paul Sartre (10)
Claude Burgelin *Les mots* de Jean-Paul Sartre (35)
Mariane Bury *Une vie* de Guy de Maupassant (41)
Belinda Cannone *L'œuvre* d'Émile Zola (104)
Ludmila Charles-Wurtz *Les contemplations* de Victor Hugo (96)
Pierre Chartier *Les faux-monnayeurs* d'André Gide (6)
Pierre Chartier *Candide* de Voltaire (39)
Marc Dambre *La symphonie pastorale* d'André Gide (11)
Michel Décaudin *Alcools* de Guillaume Apollinaire (23)
Jacques Deguy *La nausée* de Jean-Paul Sartre (28)
Véronique Denizot *Les amours* de Ronsard (106)
Philippe Destruel *Les filles du feu* de Gérard de Nerval (95)
José-Luis Diaz *Illusions perdues* de Honoré de Balzac (99)
Béatrice Didier *Jacques le fataliste* de Denis Diderot (69)
Béatrice Didier *Corinne ou l'Italie* de Madame de Staël (83)
Béatrice Didier *Histoire de Gil Blas de Santillane* de Le Sage (109)
Carole Dornier *Manon Lescaut* de l'Abbé Prévost (66)
Pascal Durand *Poésies* de Stéphane Mallarmé (70)

Louis Forestier *Boule de suif* suivi de *La Maison Tellier* de Guy de Maupassant (45)
Laurent Fourcaut *Le chant du monde* de Jean Giono (55)
Danièle Gasiglia-Laster *Paroles* de Jacques Prévert (29)
Jean-Charles Gateau *Capitale de la douleur* de Paul Eluard (33)
Jean-Charles Gateau *Le parti pris des choses* de Francis Ponge (63)
Pierre Glaudes *La peau de chagrin* de Balzac (113)
Joëlle Gleize *Les fruits d'or* de Nathalie Sarraute (87)
Henri Godard *Voyage au bout de la nuit* de Céline (2)
Henri Godard *Mort à crédit* de Céline (50)
Monique Gosselin *Enfance* de Nathalie Sarraute (57)
Daniel Grojnowski *À rebours* de Huysmans (53)
Jeannine Guichardet *Le père Goriot* d'Honoré de Balzac (24)
Jean-Jacques Hamm *Le Rouge et le Noir* de Stendhal (20)
Philippe Hamon *La bête humaine* d'Émile Zola (38)
Geneviève Hily-Mane *Le vieil homme et la mer* d'Ernest Hemingway (7)
Emmanuel Jacquart *Rhinocéros* d'Eugène Ionesco (44)
Caroline Jacot-Grappa *Les liaisons dangereuses* de Choderlos de Laclos (64)
Alain Juillard *Le passe-muraille* de Marcel Aymé (43)
Anne-Yvonne Julien *L'œuvre au noir* de Marguerite Yourcenar (26)
Patrick Labarthe *Petits poèmes en prose* de Charles Baudelaire (86)
Thierry Laget *Un amour de Swann* de Marcel Proust (1)
Thierry Laget *Du côté de chez Swann* de Marcel Proust (21)
Claude Launay *Les fleurs du mal* de Charles Baudelaire (48)
Éliane Lecarme-Tabone *Mémoires d'une jeune fille rangée* de Simone de Beauvoir (85)
Jean-Pierre Leduc-Adine *L'assommoir* d'Émile Zola (61)
Marie-Christine Lemardeley-Cunci *Des souris et des hommes* de John Steinbeck (16)
Marie-Christine Lemardeley-Cunci *Les raisins de la colère* de John Steinbeck (73)
Olivier Leplatre *Fables* de Jean de La Fontaine (76)
Claude Leroy *L'or* de Blaise Cendrars (13)
Henriette Levillain *Mémoires d'Hadrien* de Marguerite Yourcenar (17)
Henriette Levillain *La princesse de Clèves* de Madame de La Fayette (46)
Jacqueline Lévi-Valensi *La peste* d'Albert Camus (8)
Jacqueline Lévi-Valensi *La chute* d'Albert Camus (58)
Marie-Thérèse Ligot *Un barrage contre le Pacifique* de Marguerite Duras (18)
Marie-Thérèse Ligot *L'amour fou* d'André Breton (59)
Éric Lysoe *Histoires extraordinaires, grotesques et sérieuses* d'Edgar Allan Poe (78)
Joël Malrieu *Bel ami* de Guy de Maupassant (105)
Joël Malrieu *Le Horla* de Guy de Maupassant (51)

François Marotin *Mondo et autres histoires* de J.M.G. Le Clézio (47)
Catherine Maubon *L'âge d'homme* de Michel Leiris (65)
Jean-Michel Maulpoix *Fureur et mystère* de René Char (52)
Alain Meyer *La condition humaine* d'André Malraux (12)
Michel Meyer *Le paysan de Paris* d'Aragon (93)
Michel Meyer *Manifestes du surréalisme* d'André Breton (108)
Jean-Pierre Morel *Le procès* de Kafka (71)
Pascaline Mourier-Casile *Nadja* d'André Breton (37)
Jean-Pierre Naugrette *Sa Majesté des Mouches* de William Golding (25)
François Noudelmann *Huis clos* suivi de *Les mouches* de Jean-Paul Sartre (30)
Jean-François Perrin *Les confessions* de Jean-Jacques Rousseau (62)
Bernard Pingaud *L'étranger* d'Albert Camus (22)
François Pitavy *Le bruit et la fureur* de William Faulkner (101)
Jonathan Pollock *Le moine (de Lewis)* d'Antonin Artaud (102)
Jean-Yves Pouilloux *Les fleurs bleues* de Raymond Queneau (5)
Jean-Yves Pouilloux *Fictions* de Jorge Luis Borges (19)
Simone Proust *Quoi? L'éternité* de Marguerite Yourcenar (94)
Suzanne Ravis-Françon *Les voyageurs de l'impériale* de Louis Aragon (98)
Frédéric Regard *1984* de George Orwell (32)
Pierre-Louis Rey *Madame Bovary* de Gustave Flaubert (56)
Pierre-Louis Rey *Quatre-vingt-treize* de Victor Hugo (107)
Myriam Roman *Le dernier jour d'un condamné* de Victor Hugo (90)
Anne Roche *W* de Georges Pérec (67)
Colette Roubaud *Plume* de Henri Michaux (91)
Mireille Sacotte *Un roi sans divertissement* de Jean Giono (42)
Mireille Sacotte *Éloges* et *La Gloire des rois* de Saint-John Perse (79)
Corinne Saminadayar-Perrin *L'enfant* de Jules Vallès (89)
Marie-France Savéan *La place* suivi d'*Une femme* d'Annie Ernaux (36)
Henri Scepi *Les complaintes* de Jules Laforgue (92)
Henri Scepi *Salammbô* de Flaubert (112)
Alain Sicard *Résidence sur la terre* de Pablo Neruda (110)
Michèle Szkilnik *Perceval ou Le conte du Graal* de Chrétien de Troyes (74)
Marie-Louise Terray *Les chants de Maldoror* de Lautréamont (68)
G.H. Tucker *Les Regrets* de Joachim du Bellay (84)
Claude Thiébaut *La métamorphose et autres récits* de Franz Kafka (9)
Bruno Vercier et Alain Quella-Villéger *Aziyadé* suivi de *Fantôme d'Orient* de Pierre Loti (100)
Michel Viegnes *Sagesse – Amour – Bonheur* de Paul Verlaine (75)
Marie-Ange Voisin-Fougère *Contes cruels* de Villiers de L'Isle Adam (54)

COLLECTION FOLIO

Dernières parutions

3738. Pascale Kramer	*Les Vivants.*
3739. Jacques Lacarrière	*Au cœur des mythologies.*
3740. Camille Laurens	*Dans ces bras-là.*
3741. Camille Laurens	*Index.*
3742. Hugo Marsan	*Place du Bonheur.*
3743. Joseph Conrad	*Jeunesse.*
3744. Nathalie Rheims	*Lettre d'une amoureuse morte.*
3745. Bernard Schlink	*Amours en fuite.*
3746. Lao She	*La cage entrebâillée.*
3747. Philippe Sollers	*La Divine Comédie.*
3748. François Nourissier	*Le musée de l'Homme.*
3749. Norman Spinrad	*Les miroirs de l'esprit.*
3750. Collodi	*Les Aventures de Pinocchio.*
3751. Joanne Harris	*Vin de bohème.*
3752. Kenzaburô Ôé	*Gibier d'élevage.*
3753. Rudyard Kipling	*La marque de la Bête.*
3754. Michel Déon	*Une affiche bleue et blanche.*
3755. Hervé Guibert	*La chair fraîche.*
3756. Philippe Sollers	*Liberté du XVIIIème.*
3757. Guillaume Apollinaire	*Les Exploits d'un jeune don Juan.*
3758. William Faulkner	*Une rose pour Emily* et autres nouvelles.
3759. Romain Gary	*Une page d'histoire.*
3760. Mario Vargas Llosa	*Les chiots.*
3761. Philippe Delerm	*Le Portique.*
3762. Anita Desai	*Le jeûne et le festin.*
3763. Gilles Leroy	*Soleil noir.*
3764. Antonia Logue	*Double cœur.*
3765. Yukio Mishima	*La musique.*
3766. Patrick Modiano	*La Petite Bijou.*
3767. Pascal Quignard	*La leçon de musique.*
3768. Jean-Marie Rouart	*Une jeunesse à l'ombre de la lumière.*

3769. Jean Rouaud — *La désincarnation.*
3770. Anne Wiazemsky — *Aux quatre coins du monde.*
3771. Lajos Zilahy — *Le siècle écarlate. Les Dukay (tome III).*
3772. Patrick McGrath — *Spider.*
3773. Henry James — *Le Banc de la désolation.*
3774. Katherine Mansfield — *La Garden-Party* et autres nouvelles.
3775. Denis Diderot — *Supplément au Voyage de Bougainville.*
3776. Pierre Hebey — *Les passions modérées.*
3777. Ian McEwan — *L'Innocent.*
3778. Thomas Sanchez — *Le Jour des Abeilles.*
3779. Federico Zeri — *J'avoue m'être trompé. Fragments d'une autobiographie.*
3780. François Nourissier — *Bratislava.*
3781. François Nourissier — *Roman volé.*
3782. Simone de Saint-Exupéry — *Cinq enfants dans un parc.*
3783. Richard Wright — *Une faim d'égalité.*
3784. Philippe Claudel — *J'abandonne.*
3785. Collectif — *«Leurs yeux se rencontrèrent...». Les plus belles premières rencontres de la littérature.*
3786. Serge Brussolo — *Trajets et itinéraires de l'oubli.*
3787. James M. Cain — *Faux en écritures.*
3788. Albert Camus — *Jonas ou l'artiste au travail* suivi de *La pierre qui pousse.*
3789. Witold Gombrovicz — *Le festin chez la comtesse Fritouille* et autres nouvelles.
3790. Ernest Hemingway — *L'étrange contrée.*
3791. E. T. A Hoffmann — *Le Vase d'or.*
3792. J. M. G. Le Clézio — *Peuple du ciel* suivi de *Les bergers.*
3793. Michel de Montaigne — *De la vanité.*
3794 Luigi Pirandello — *Première nuit et autres nouvelles.*
3795. Laure Adler — *À ce soir.*
3796. Martin Amis — *Réussir.*
3797. Martin Amis — *Poupées crevées.*
3798. Pierre Autin-Grenier — *Je ne suis pas un héros.*

3799. Marie Darrieussecq	*Bref séjour chez les vivants.*
3800. Benoît Duteurtre	*Tout doit disparaître.*
3801. Carl Friedman	*Mon père couleur de nuit.*
3802. Witold Gombrowicz	*Souvenirs de Pologne.*
3803. Michel Mohrt	*Les Nomades.*
3804. Louis Nucéra	*Les Contes du Lapin Agile.*
3805. Shan Sa	*La joueuse de go.*
3806. Philippe Sollers	*Éloge de l'infini.*
3807. Paule Constant	*Un monde à l'usage des Demoiselles.*
3808. Honoré de Balzac	*Un début dans la vie.*
3809. Christian Bobin	*Ressusciter.*
3810. Christian Bobin	*La lumière du monde.*
3811. Pierre Bordage	*L'Évangile du Serpent.*
3812. Raphaël Confiant	*Brin d'amour.*
3813. Guy Goffette	*Un été autour du cou.*
3814. Mary Gordon	*La petite mort.*
3815. Angela Huth	*Folle passion.*
3816. Régis Jauffret	*Promenade.*
3817. Jean d'Ormesson	*Voyez comme on danse.*
3818. Marina Picasso	*Grand-père.*
3819. Alix de Saint-André	*Papa est au Panthéon.*
3820. Urs Widmer	*L'homme que ma mère a aimé.*
3821. George Eliot	*Le Moulin sur la Floss.*
3822. Jérôme Garcin	*Perspectives cavalières.*
3823. Frédéric Beigbeder	*Dernier inventaire avant liquidation.*
3824. Hector Bianciotti	*Une passion en toutes Lettres.*
3825. Maxim Biller	*24 heures dans la vie de Mordechaï Wind.*
3826. Philippe Delerm	*La cinquième saison.*
3827. Hervé Guibert	*Le mausolée des amants.*
3828. Jhumpa Lahiri	*L'interprète des maladies.*
3829. Albert Memmi	*Portrait d'un Juif.*
3830. Arto Paasilinna	*La douce empoisonneuse.*
3831. Pierre Pelot	*Ceux qui parlent au bord de la pierre (Sous le vent du monde, V).*
3832. W.G Sebald	*Les Émigrants.*
3833. W.G Sebald	*Les Anneaux de Saturne.*
3834. Junichirô Tanizaki	*La clef.*

Composition Traitext
Impression Bussière Camedan Imprimeries
à Saint-Amand (Cher), le 5 août 2003.
Dépôt légal : août 2003.
Numéro d'imprimeur : 033316/1.
ISBN 2-07-038679-1./Imprimé en France